紫式部

Murasaki Shikibu

植田恭代

コレクション日本歌人選044
Collected Works of Japanese Poets

笠間書院

『紫式部』――目次

凡　例

一、本書には、平安時代の作家紫式部とまつわる人々の和歌四十三首を載せた。紫式部以外の人の和歌には、（　）で詠者を示した。

一、本書は、次の項目からなる。「作品本文」「出典」「口語訳（大意）」「鑑賞」「脚注」・「略伝」「略年譜」「筆者解説」「読書案内」「付録エッセイ」。

一、和歌本文は、原則として『新編国歌大観』所収『紫式部集』に拠り、諸本を参照して一部の語句ならびに表記を改め、適宜ふりがなをつけて読みやすくした。出典欄ならびに本文・脚注の和歌本文および歌番号も、主として『新編国歌大観』に拠る。

一、鑑賞は、基本的には一首につき見開き二ページを当てたが、重要な作には特に四ページを当てたものがある。

紫式部

01

めぐりあひて見しやそれともわかぬまに雲がくれにし夜半《よは》の月かげ

【出典】紫式部集・一、新古今集・雑歌上・一四九九

久しぶりにめぐり会って見たのがあなたなのかどうか見分けもつかないうちに、あなたは帰ってしまって、まるで雲に隠れてしまった夜半の月のようですよ。

人とめぐりあう喜び、それゆえに知る悲しみ。人は誰《だれ》しも、出会いによって人生を紡《つむ》いでいく。『百人一首』でも有名な『紫式部集』*最初の歌は、旧友とのめぐりあいをうたう。

詞書《ことばがき》には、ずっと前から幼《おさな》友だちであった人に久しぶりに再会できたのに、ほんのわずかばかり会ったばかりで、十日の月とあらそうようにその友は帰ってしまった、とある。「童《わらは》友だち」とあるのだから、これは成人する

【詞書】はやうより童《わらは》友だちなりし人に、年ごろ経て行きあひたるが、ほのかにて、十月十日のほど、月にきほひて帰りにければ。

(早くから、幼友だちであった人に、何年ぶりかで出会ったのに、十月十日の頃、月と競うようにし

以前からの親しい幼友だちらしい。その旧友と再会するよろこびと、それゆえほんのわずかで終わってしまった無念《むねん》さが、紫式部の心のなかで表裏一体《ひょうりいったい》となっている様子がうかがえる。

一番最初というのは、人の心に鋭く印象を刻《きざ》みつける。その冒頭の一首に、『紫式部集』は幼友だちとの再会の歌を置く。幼少の頃からの親しい友であれば、異性《いせい》より、やはり女友だちと考えるのが自然であろう。紫式部にとって大切な友であったからこそ、ほんのわずかばかりの再会であっても、かけがえのないひとときを思うこの歌が置かれたのである。

この歌はのちの『*新古今集』「雑《ぞう》歌上」にも収められており、*そちらの詞書では「七月十日」となっている。旧暦であるから七月は初秋《しょしゅう》、十月ならば初冬《しょとう》。本来の時期は、どちらであったのだろうか。その事情を正確にたどることは難しく、月日の食い違いは従来から議論を呼んできた。ひとつ、参考資料となるのは、この歌に続く、やはり女性の友だちとの別れをうたった歌の詞書（02）である。そこには「秋のはつる日」と記されている。これは旧暦（太陰暦《たいいんれき》）の秋さいごの日。九月末日である。冒頭の歌を七月とすれば時間の運行にそって歌が並べられていることになるが、十月とすれば自然な

てその人は帰ってしまいましたので）。

【語釈】○めぐりあひて─歳月がめぐって久しぶりに会うこと。○見しやそれともわかぬまに─見たかどうかはっきり分からないうちに。○それ─久しぶりに会った友をさす。○月かげ─月の光の意だが、ここでは月そのもののことで、友だちの女性を表す。

*紫式部集─紫式部の家集。成立年未詳。

*新古今集─八番目の勅撰和歌集。後鳥羽上皇の院宣により一二〇五年撰進。

*そちらの詞書─「早くより童友だちに侍りける人の、年頃経て行き会ひたる、ほのかにて、七月十日のころ、月にきほひて帰り侍りければ」とある。

流れとは矛盾《むじゅん》する。季節の推移《すいい》にそって読んでいくのか。あえて時間が逆《ぎゃっ》行《こう》するように歌を並べて、親しい友との再会と別れを対照的に表そうとしているとみるのか。解釈の分かれるところである。

少しみかたをかえて、冒頭から並ぶ数首の歌のならび方をながめてみよう。これらの歌は、時間の推移にそうというより、幼友だちを思う心を何よりも大切にして、その連想《れんそう》を追うように繋《つな》がっていく。大切な友を強く思う、その気持を何より優先するのならば、必ずしも時間の流れを順序正しく追う必要はない。心のままに、時間の方が前後することもあり得よう。家集の配列は事実の記録とは違う。心の記録ならば、時間軸に揺《ゆ》れがあることも、むしろ自然なことでさえある。

そもそも、『紫式部集』は、春の歌から始められてはいない。『新古今集』では、この歌が「雑歌上」の月を詠《よ》む六十首の最初に置かれている。まったく異なる配列のしかたが、かえって『紫式部集』独自の並べ方を照らし出してくれよう。

「めぐりあふ」と月を取り合わせた表現は、*『拾遺集《しゅういしゅう》』などの歌にみられるが、「めぐりあひて」という表現はこの『紫式部集』が早い例である。や

＊拾遺集—拾遺集・四七〇。橘忠幹とされる歌に「忘るなよ程は雲居になりぬとも空ゆく月のめぐりあふまで」とある。拾遺集は三番目の勅撰和歌集。

っと出会えたという思いを、ありふれた表現で詠み出すのではなく、斬新《ざんしん》な印象のことばで詠み出し、月の出と旧友との再会を生き生きと表している。また、「夜半の月かげ」は光に対する「影」の意味ではなく、夜半《やはん》にのぼる月の光そのものを表す。この部分を「月かな」とする本文もあり、それによれば「夜半の月ですねえ」と感じ入っている表現になる。一首全体を考えてみると、雲に隠れてしまったという表現を受けて夜半の月とある方が自然で、情景としても鮮明になろう。

　紫式部は、『源氏物語』の作者である。『源氏物語』は光源氏《ひかるげんじ》を中心に政治と愛憎《あいぞう》の物語をとおして時を生きる人々をみつめ、その子孫たちの人間模様を描く末尾の十帖《じゅうじょう》では、宗教による救済をも問うていく。人間を鋭く洞察する作家紫式部のイメージは根強い。人生をたどるような家集の最初にいきなり別れを詠む歌を据《す》えるのは、人生体験から紫式部の心に宿る*会者定離《えしゃじょうり》の念を表わすとみる立場もある。しかし、一方で、幼友だちの存在を真っ先に押し出す一首から始まる『紫式部集』には、むしろ心の友とうち解け合う明るい少女時代が透《す》かしみえてこよう。『源氏物語』の作者というイメージからひとまず解き放たれて、歌の側から像を結ぶ紫式部という人を考えてみたい。

＊会者定離―会う者は必ず別れる運命にあるという、仏教の考え。

02

鳴きよわる籬《まがき》の虫もとめがたき秋の別れや悲しかるらむ

【出典】紫式部集・二、千載集・離別歌・四七八

次第に弱々しく鳴く籬の虫の声も、とどめることが難しい秋の別れが悲しいのでしょうか。

同じ友だちとの別れを悲しむ歌が続く。折《おり》しもか細く弱々しく鳴く虫の声に心細さは募《つの》り、ただでさえ悲しい別れが、いっそう耐《た》え難《がた》く心に迫ってくる。詞書は、その友人が遠くへ行くことになったという事情を伝える。再会した友をいきなり「その人」と呼び、遠く離れることを知った驚きを「なりけり」と詠嘆《えいたん》の表現で結ぶ詞書は、前の歌の説明のようでもある。一首の独立した歌が家集におさめられならべられていく時、そこにはおのずとひとつ

【詞書】その人遠き所へ行くなりけり、秋のはつる日来たる暁、虫の声あはれなり。

（その人は、遠い所へ行くことになったのでした。秋の終わる日がやってきた暁、虫の声が心に染み入るのです）。

のストーリーが紡《つむ》ぎ出される。『紫式部集』は、歌の繋《つな》がりを大切にする家集である。歌の前後に置かれた詞書や左注《さちゅう》はそれぞれの歌を繋ぎとめ、和歌と散文が巧《たく》みに相俟《あいま》ってひとつの世界が生み出されていく。

同じ歌が、*勅撰和歌集《ちょくせんわかしゅう》『*千載集《せんざいしゅう》』離別《りべつ》歌の三首目にも収められる。しかし、こちらの詞書は、歌の詠まれた経緯《けいい》をそのまま書きとめるばかりである。その書きぶりが、『紫式部集』の詞書がまず友を「その人」と呼び、「遠きところへ行くなりけり」と遠く離れていってしまうことへの驚きと感慨《かんがい》を表して、事情の説明とは性格を異にすることを、あらためて気づかせてくれる。鳴き弱る虫の音に心が重ねられるのは、友が遠くへ行ってしまうと知ったから。その衝撃《しょうげき》の大きさが詞書から伝わってこよう。九月末日という日付を「秋のはつる日」と表し、鳴き弱る虫の声を「あはれなり」と聞く心情で結ぶ『紫式部集』は、大切な友への思いに貫《つらぬ》かれている。

父か夫か、身近な男性の赴任《ふにん》に伴うために女性の友は都を離れるのであろう。幼友だちは、紫式部同様、*受領《ずりょう》と呼ばれる地方官の娘か妻らしい。せっかく叶《かな》った再会もわずかばかりで、遠くへ行ってしまう友。間もなく冬になる。秋さいごの日の暁《あかつきがた》方に、万感《ばんかん》胸に迫る紫式部の姿が彷彿《ほうふつ》とする。

【語釈】○籬―竹や柴などで編んだ垣のこと。

*勅撰和歌集―天皇または上皇の命により編纂された和歌集。

*千載集―詞書に「遠きところへまかりける人のまうで来て暁帰りけるに、九月尽くる日、虫の音もあはれなりければ詠める」とある。千載集は七番目の勅撰和歌集。後白河法皇の院宣により、一一八七年撰。

*受領―諸国の長官。任国に赴き実務にあたる、国司の最上位。

03

おぼつかなそれかあらぬかあけぐれの空《そら》おぼれする朝顔《あさがほ》の花

【出典】紫式部集・四

はっきりしなくてわかりませんね。昨夜の方なのかどうか。明け方の薄暗い空のようにそらとぼけた今朝のお顔は。

はっきりとわからない、と訴《うった》えるように詠《よ》みかける。「あけぐれ」という時間帯に加え、空に掛けてわざととぼける意の「空《そら》おぼれ」と、はっきりしないことばかりを重ねて表されるのは、相手の朝の顔である。詞書には、方《かた》違《たが》えにやってきた人が、不審《ふしん》なことがあって、帰っていった翌朝、朝顔＊の花に添えて贈ったと説明される。方違えとは陰陽道《おんみようどう》による風習で、出かけようとする方角に天一神《なかがみ》がいる時、吉方《えほう》の家に泊まって方角を変えてから行く

【詞書】方違《かたたが》へに渡りたる人の、なまおぼおぼしきことありて、帰りにけるつとめて、朝顔の花をやるとて。（方違へにやってきた人が、なんだかはっきりしないことがあって、帰ってしまった翌朝、朝顔の花を送ろうとして）。

ことである。どうやら、紫式部の邸《やしき》へ方違えのために一夜の宿をかりて滞在《たいざい》した男性が、作者のいる部屋に忍びこんできたらしい。明け方の薄暗い時分にそらとぼける相手を、問いただすような歌である。

相手からの返歌《へんか》も朝顔を詠む。

　＊いづれぞと色分《わ》くほどに朝顔のあるかなきかになるぞわびしき

どちらからの便りかと見分けようとするうちに、朝顔があるのかないのかというくらいにしおれてしまったのがわびしいことです、という。こちらの詞書には、筆跡《ひっせき》を見分けられなかったのであろうかとある。この歌が「いづれぞと」と始まり、あとの歌（05）の詞書には紫式部に姉がいたとあるため、姉妹のどちらの方からなのか見分けられないうちに……とかわすと解釈されているが、昨夜のできごとが本当なのかどうかという読み手にむけたことばととる説もある。この男性はのちに夫となる宣孝《のぶたか》なのであろうか。それについても賛否両論あるが、ここで誰とは明らかにされていない。相手を責《せ》めるような詠みぶりに、紫式部が相手の男性を知っていたのではないかという想像もあながち否《いな》めない。いずれにせよ、紫式部みずから歌を詠みかけての贈答歌に、ちょっと強気に出た若い女性の心がうかがえよう。

「なまおぼおぼしきこと」はなんとなくはっきりしないことの意、方違えに来た人は夜明け前の薄暗い時に顔を見せて、それが不審な行動であったという。

【語釈】○あけぐれ―夜の明ける前の薄暗い頃。○空《そら》おぼれ―そらとぼける。「空」が掛けられる。○朝顔―ヒルガオ科の花だが、朝の寝起きの顔をも表す。

＊朝顔―古今六帖・第六・三八九五に、「おぼつかな誰とか知らん秋霧の絶えぬ間に見ゆる朝顔の花」とある。

＊いづれぞと…―紫式部集・五。詞書に「返し、手を見分かぬにやありけん」とある。

04

あらし吹く遠山里《とほやまざと》のもみぢ葉はつゆもとまらむことのかたさよ

【出典】紫式部集・九

嵐が吹く遠い山里の紅葉の葉は、ほんのわずかの間もとどまることが難しいことですよ。

遙《はる》か遠方の地へ行こうか行くまいかと思い悩《なや》む友。その揺れる心に、紫式部はそっと寄り添う。まず贈られてきた相手の歌からみてみよう。

露ふかくおく山里のもみぢ葉にかよへる袖の色をみせばや*

一首は、露の深く置く山里の紅葉《もみじ》の葉の色に通じる、紅《くれない》の血の涙で染まった私の袖の色を見せたいものですよ、という。贈歌《ぞうか》は、遠くの地へ行こうかどうかと悩んでいる人が山里から紅葉を枝を折って贈ってきた歌である。歌

【詞書】返し。

【語釈】○つゆも―打ち消しの意の副詞で、少しもの意。「露」が掛けられている。

＊露ふかく……―紫式部集・八。詞書に「はるかなるところに、行《ゆ》きやせん行かずやと思ひわづらふ人の、山里よ

を贈ってきた人は女性の友と考えられてきたが、一方で男性とみる説もある。どちらかに特定しきれるものではないけれども、『紫式部集』冒頭からの歌のならびにそって読み進めてくると、この贈答歌の前に筑紫《つくし》へくだる人の娘と紫式部の贈答歌があったことに思い当たる。やはりここで遠方に赴《おもむ》くことを悩んでいるのも、同じ女性の友なのでは、と想像される。女性ならば、夫なのか身近な男性が京から遠いところへ赴任《ふにん》することになり思い悩んでいるのであろう。露は涙で濡れること、紅葉の色に通じる袖の色とは、悲しみにくれる*血の涙に濡れた袖。涙が涸《か》れて尽き果てても悲しみはとまらず、血の涙が流れるという、究極《きゅうきょく》の悲しみを表す誇張表現である。

鮮やかな紅の色が生命の贈歌を受けて、紫式部は京にとどまることの難しさを詠む。贈歌の、露が置くに掛けられた奥山里を「遠山里」に詠みかえて、強い嵐にほんの少しの間すらとどまれない葉のように、京に留《とど》まるのは難しいと返している。このあとには、再び相手からの*返歌《へんか》があり、紅葉の葉を誘う嵐ははやいけれど木の下の地、この京の都でなくて行こうと思う心などありましょうか、という。同行を余儀《よぎ》なくされつつも、なお京を離れがたい心情を、これらの三首はひしひしと伝えて已《や》まない。

り紅葉を折りておこせたる」とある。「おく山里」には露が「置く」と「奥」山里が掛けられる。遙か遠くの地に、行こうか行くまいかと思い悩む人が、山里から紅葉の枝を折って贈ってきた歌。

*血の涙—漢語の「紅涙」「血涙」に由来する和語。悲しみの極致を表す。

*返歌—紫式部集・一〇。詞書に「また、その人の」として「もみじ葉をさそふ嵐ははやけれど木の下ならでゆく心かは」とある。(紅葉の葉を誘う風ははやく吹くけれども、この木の下の地、都でなくては行こうと思う私の心でしょうか)。

05

北へ行《ゆ》く雁《かり》のつばさにことづてよ雲の上《うは》がき書き絶えずして

【出典】紫式部集・十五、新古今集・離別歌・八五九

北へ帰ってゆく雁の翼に言《こと》づけてください。これまでどおりにお手紙の上書きを書くことをやめないで、と。

【詞書】姉なりし人亡くなり、また、人の妹《おとと》失ひたるが、かたみに行《ゆ》きあひて、亡きが代はりに思ひかはさんと言ひけり、文の上《うへ》に姉君と書き、中の君と書き通はしけるが、おのがじし遠きところへ行き別るるに、よそながら別れ惜しみて。

雁《かり》の翼《つばさ》に言づけて、と呼びかける。手紙の上書《うわが》きをやめないで、と願いを託《たく》す。長い詞書には、その詳しい事情が託されている。紫式部の姉であった人が亡くなり、また妹を亡くした人がおり、心の通い合う同士、亡くした姉妹の代わりに思いを交わそうと言った。やりとりする手紙の上書きには「姉君」「中の君」と書き合うほどの親しさであったのに、それぞれ遠くへ行くことになり、会えぬまま手紙で別れを惜《お》しみ詠んだ、という。「中の君」は

妹をさす呼称。姉君へ、妹君へ、と互いに手紙の表書きに書き合うほど、紫式部とその友は心を通わせ仲睦《なかむつ》まじく文通をしていた。

　雁は冬に飛来する渡り鳥。その翼に言づけるというのは中国の故事による。前漢の時代の蘇武《そぶ》という人が*匈奴《きょうど》に捕らえられた時、雁の足に手紙を結んで漢の天子《てんし》に消息を知らせたという話によって帰れたことが、*『漢書《かんじょ》』「蘇武《そぶ》伝」にある。そこから、「雁書《がんしょ》」「雁の使い」という言葉も生まれる。「雲の上がき」は、空を飛ぶ雁から連想される雲の上と、手紙の表にしたためる上書きをつなげた独特の表現。そこには、雲の上で雁が羽ばたくことが掛けられているという説もある。あたかも親しい女学生同士のように親密な手紙のやりとりを、若い紫式部もしていた。

　それぞれが遠くへ行くとあることから、紫式部も京を離れるようである。とすれば、これは紫式部が父にともなって越前へ下向《げこう》した時の歌となろう。父の藤原為時《ためとき》は、東宮《とうぐう》時代の*花山天皇《かざんてんのう》に目をかけられた人であったが、天皇の退位・出家にともない任官されぬ不遇《ふぐう》の日々をおくり、ようやく長徳《ちょうとく》二年（九九六）に越前守《えちぜんのかみ》となった。これは、紫式部が*国守《こくしゅ》として赴任する父に同行した時に詠まれたものであろう。この歌には、次の*返歌がある。

（姉であった人が亡くなり、また、妹を失った人が、互いに出会って、亡き姉妹の代わりに心を通わせようと言った。手紙の上に「中の君」と書き、「姉君」と書いてやりとりしていたが、それぞれ別の遠方の地へ行き別れることになり、会えぬまま別れを惜しんで）。

【語釈】○雲の上がき―雁が雲の上で羽ばたくこと。手紙の表の「上書」を掛ける。

*匈奴―中国北方の遊牧民族。
*漢書―古代中国の歴史書。前漢の歴史を紀伝体で記す。
*花山天皇―在位九八四―九八六。
*国守―朝廷の命により諸国に赴任する地方官の長官。
*返歌―紫式部集・一六。詞書に「返しは、西の海の人なり」とある。

　行《ゆ》きめぐり誰《たれ》も都に帰《かへ》る山いつはたと聞くほどのはるけさ

歌を返してきた友は、詞書に「西の海へ行く人」と表される。西海道《さいかいどう》は現在の九州地方である。

実は、同じく遠方の地にある友との贈答歌*が、これ以前にもあった。

　西の海を思ひやりつつ月みればただに泣かるる頃にもあるかな

　西へ行く月のたよりに玉づさの書き絶えめやは雲の通《かよ》ひ路《ぢ》

これらを別の友との贈答歌とする立場もあるが、共通する「西の海」を詠みこみ、こちらの贈歌には「筑紫へ行く人のむすめの」とあり、『紫式部集』を読み進めてくれば、同じ友とのやりとりとみるのが自然であろう。姉妹のような友は筑紫へくだった。彼女は、大宰府《だざいふ》に何らかの職を得て赴任する人の娘であろうか。「西の海」が詠みこまれる友の贈歌は、これからくだる西の海を思いやりつつ月をみると、ただひたすら泣けてくるこの頃ですよ、という。それに対し紫式部は、西へ行く月に頼むあなたへのお手紙が書き絶えるなどということがありましょうか、そんなことはありません、と返す。「玉づさ」は手紙のこと、「へ行く」「書き絶《た》えめやは」「雲」などは、決まりきった歌のことばというより、むしろ散文の表現に近い。

＊贈答歌—紫式部集・六。詞書に「筑紫へ行く人のむすめの」、紫式部集・七の詞書には「返し」とある。

いま一度、もとの贈答歌に立ち戻ってみよう。「北へ行く」「雲の」「書き絶えず」は、先立つ贈答歌の「西へ行く」「書き絶えめやは」「雲の通《かよ》ひ路《ぢ》」と実によく似ていることに気づく。同じ友と詠み交わした二つの贈答歌は、通い合うように詠まれていた。友の返歌は、歳月がめぐり任期《にんき》が終われば誰も都に帰ってくるのでしょうが、それはいったいいつになるのでしょう。あなたのいる越前の「帰る」に通じる「かへる山」やいつまたと聞こえる「いつはた」などの名に、お目にかかれるのは遙か遠いことのように思われます、と応える。「かへる山」はいまの福井県にあたる越前の国の「鹿蒜山《かへる》」、「いつはた」も同じく越前の「五幡《いつはた》」で、「はた」には「また」が掛けられる。相手は、親しい友の赴く地を詠み込み、その響《ひび》きによる連想から、いつ会えるのでしょうという思いを返してきた。

京から、越前へ、九州へ、と別れ行く二人。現代のような交通手段など想像もつかぬ時代に、この別れは、永遠の別離《べつり》と思われたかもしれない。姉妹のように慕《した》い合って手紙を書き合い、他人には言えぬ心の内も打ち明けられる、大切な友。十首ほどの歌を隔てて置かれるもうひとつの贈答歌は、はるか遠くに別れ行く相手をそれぞれに思いやる二人の心の内を、切々《せつせつ》と伝えて余りある。

06

あひ見むと思ふ心は松浦《まつら》なる鏡の神や空に見るらむ

【出典】紫式部集・一八、新千載集・恋歌二・一二三一

あなたにお会いしたいと思う私の心は、松浦の鏡明神様も空からご覧になっていることでしょう。

あなたに会いたい、と紫式部は願う。西へ行った友は九州の肥前《ひぜん》に、紫式部は越前《えちぜん》にいる。詞書には、友から贈られてきた手紙をはるか遠いところで見た、とある。姉妹同様の二人を隔てる距離は、はてしなく遠い。「松浦」は地名で肥前《ひぜん》の国の松浦《まつら》郡のこと、そこに鏡《かがみ》神社がある。紫式部は、二人がともに会いたいと願う心を空の上から鏡明《みょうじん》神様がご覧になっているでしょう、と詠む。友を思う純粋な気持は、一人の胸のうちに秘められ

【詞書】筑紫に肥前といふ所より、文おこせたるを、いとはるかなる所にて見けり、その返り事に。

（筑紫にある肥前という所から手紙を送ってきたのを、私はとても遙かな所で見ました。その返事に）。

るものではあり得ず、天からご覧になる神様もご存知《ぞんじ》の、崇高《すうこう》な心となる。「らむ」は現在推量と説明される助動詞で、まさにいまご覧くださっている、という、いまこの時を共有《きょうゆう》する語感が添えられている。

友からの返歌*が続く。

　　行《ゆ》きめぐりあふを松浦の鏡には誰《たれ》をかけつつ祈るとかしる

紫式部のところには、前にみた筑紫へくだった友の歌（05鑑賞参照）の初《しょ》句《く》と同じ、「行きめぐり」で詠みおこされる一首が返ってきた。こちらの詞書には「返し、またの年もてきたり」とあり、これは翌年受け取った手紙とわかる。紫式部が父とともに越前にくだったのは、長徳《ちょうとく》二年（九九六）であるから、この返事は長徳三年に届けられたことになろうか。九州の筑紫から北陸の福井までは、現代でも相当な道のりである。ましてや交通手段の限られた平安時代半ばのこと、遠方の地との手紙のやりとりには、日数がかかる。だからこそ、「またの年」になるのであろう。手紙を贈った年をこえてしまうほど、二人は遠く離れていた。返歌では、遠い地をゆきめぐって再びあなたに会えることを待つ私は、松浦の神様に誰のことを心にかけてお祈《いの》りしているかご存知でしょうか、という。「あふを待つ」に「松浦」の「松」が掛

【語釈】○松浦なる鏡の神―現在の佐賀県唐津市（かつての肥前の国）にある鏡明神。「鏡」と「見る」は縁語。

＊返歌―詞書に「返し、またの年もてきたり」とある。

かる。友も、紫式部に再び会えることを神に祈っている。この友が誰かを考証《こうしょう》して橘 為義《たちばなのためよし》の娘かとする説もあるが、『紫式部集』から誰と特定するのは難しい。しかし、誰と明らかにされていないだけに、かえって、互いに再会を祈り、遠く離れてもなお心を通い合わせる姉妹のような二人が鮮やかに浮かび上がってくる。

ところで、この紫式部の和歌は『新千載集《しんせんざい》』恋歌二にも入集《にっしゅう》している。のちの勅撰集に、離別ではなく恋の部の歌として収められた一首は、親しい女性の友ではなく、恋人同士の贈答歌に変わっている。

『新千載集』の詞書には「浅からず頼めたる男の心ならず肥前国へまかりて侍りけるが、便りにつけて文おこせて侍りける返り事に」とある。すなわち、贈答の相手は「浅からず頼めたる男」、親しい仲であった恋人の男が、何らかの事情で心ならず肥前へ行ったのだという。また、歌の末尾、五句は「空に知るらん」と「見る」から「知る」にかわり、神様はご存知でしょう、の意となる。ただひと文字の違いながら、神様が友を思う私の祈る心を見ていてくれると詠む『紫式部集』の歌とは、ずいぶん趣《おもむき》が違う。

恋人の男との贈答になっている『新千載集』の歌は、『紫式部集』の贈答

*新千載集―十八番目の勅撰和歌集。後光厳天皇《ごこうごんてんのう》の勅により一三五九年撰進。

*浅からず…―浅くはなく頼みにしている男で、思いがけず肥前国へくだっていた人が、便りにつけて手紙を送ってきました返事に。

歌が女性同士の心の通い合いを詠み合うものであることを、あらためて印象づけていよう。「筑紫へ行く人のむすめ」「西の海の人」と相手の呼び名はかわっているものの、同じ二人の贈答歌は、『紫式部集』が始まってからまだ二十首にもならないうちに、すでに三度も載《の》せられている。『紫式部集』は、事柄を羅列《られつ》するのではなく、時間の推移にそって順に歌を並べていくわけでもない。その根幹《こんかん》をなすのは、大切な人への思いである。『紫式部集』は、紫式部の心の側から、かけがえのない人との歌を呼び集めてくる。そうして繰り返し選ばれているのが、この二人の歌なのである。

もしこの家集が紫式部自身によって編まれていたのなら、人生のあゆみを進めた紫式部の心のなかには、肥前に赴いた友がいつまでも大切な人としてあり続けていたのであろう。千年以上も前の時代に、越前と肥前というはるか遠くの地に離れながら、その道のりの遠さをもこえて、心は強く結ばれた二人がいる。繰り返される贈答歌は、その絆《きずな》の強さを切々と訴えかけてくるようでさえある。

再会を願い合うまっすぐな心を神に托《たく》す二人に、松浦の神様も、無関心ではいられまい。

07

三尾《みを》の海に網《あみ》引く民のてまもなく立ち居《ゐ》につけて都恋しも

【出典】紫式部集・二〇

三尾ケ崎の浜辺で漁の網を引く人が手を休める暇もなく、立ったりしゃがんだりする姿をみるにつけても都が恋しいことです。

漁をする人々の姿は忙《いそが》しい。働く民《たみ》の見なれぬ光景が、まだみぬ北陸への旅路にある紫式部の心を揺さぶる。遠く離れてもなお心を通わせる二人の歌のあとには、父とともに越前へくだる旅路での歌がならぶ。紫式部の人生をたどるのであれば道中での歌が先にくるはずであるのに、『紫式部集』では、大切な友との絆を詠む歌が先に置かれる。時間を遡《さかのぼ》って、京から離れていく折々の思いを繋《つな》ぎとめるように歌がならべられていく。その最初がこの歌で

【詞書】近江の湖にて、三尾が崎といふ所に、網引くを見て。

（近江の湖で、三尾が崎という所に、人が網を引くのをみて）。

【語釈】○三尾の海―詞書に「三尾が崎」とあり、いまの

ある。越前へは、琵琶《びわ》湖《こ》を舟で渡り、陸路を武生《たけふ》まで行く。この歌の詞書には、近江《おうみ》の湖すなわち琵琶湖の三尾が崎というところで漁師が網を引くのを見て、とある。三尾が崎は琵琶湖の西岸、現在の滋賀県高島町のあたり。「てまもなく」は手を休める暇もないという意味だが、「ひまもなく」とする本文も伝えられ、そちらによれば、暇なく立ったりしゃがんだりすることになる。網を引く動作を「立ち居《ゐ》」ととらえて、一首は、三尾が崎で漁をする人々の光景に、京《きょう》の都が恋しい、という。

　京に生まれ育った紫式部にとって、網で漁をする動作は、初めて見る珍《めずら》しい光景であったにちがいない。地方で生業《なりわい》を営む人々に何を感じるのかは、人さまざまである。目馴《めな》れぬ人々の動きに、新鮮さや力強さを感じる人もいよう。しかし、若い紫式部の胸にあるのは、庶民《しょみん》の働く姿への共感ではない。ここに詠まれているのは、見知らぬ北陸の地へ赴く不安と表裏《ひょうり》一体《いったい》の、都への恋しさである。続*く歌にも、同じ心情がうかがえる。

　　磯がくれ同じ心にたづぞ鳴く汝《な》に思ひ出づる人や誰《たれ》ぞも

磯《いそ》の浜で鶴が声々に鳴くのを聞いて、とあるこの歌は、磯の物かげに隠れて私と同じ気持で鶴が鳴いていいます、あなたが思い出す人は誰なのかしら、

滋賀県高島町あたりを表すか。

*続く歌―紫式部集・二一。詞書に「また、磯の浜に鶴のこゑごゑなくを」とある。

という意。「磯がくれ」は浜の岩かげのこと。「たづ」は鶴を表す歌語《かご》である。「汝《な》に」は「汝《な》が」という本文もあり、その方がよりわかりやすい歌にはなる。紫式部は、鶴の心を自分と「同じ心」と受けとめ、恋しい人を思い出して鳴くと聞きなす。「思ひ出づる」人は、もちろん都の人であろう。

詞書の「磯の浜」は浜辺という意味の一般名詞として解釈できるが、「磯の浜」という琵琶湖東岸の地名と考える説もあり、そうするとこれは帰京時《ききようじ》の歌になる。議論の重ねられる難しいところであるけれども、いま仮りに特定の地名とせずこのままのならび方にしたがってみれば、どこかの磯の浜で心に浮かぶ誰かがいる。前の歌で都を思い、次の歌では人を思う。紫式部の心は、旅を楽しむというより都に向かっている。さらに続く歌をみてみよう。詞書*には、夕立がしそうだと思われて、空が曇《くも》り稲妻《いなづま》がひらめいているので、とある。

かき曇り夕立つ波のあらければ浮きたる舟ぞしづ心なき

空がかき曇って夕立に立つ波が荒いので、浮かべた舟が揺《ゆ》れ動くように、私の心も落ち着かないことです、という歌。「かき曇り」は急に空が暗くなること、湖ながら夕立に波が荒く立つ様子を「夕立つ波」という。「浮きたる舟」はいま水路《すいろ》を行く舟のこと。歌のことばとしての「浮きたる舟」は、

*詞書―紫式部集・二二。詞書「夕立しぬべしとて、空のくもりてひらめくに」とある。

『後撰集《ごせん》』の*小野小町《おののこまち》の歌にもみられ、そこでは恋する男女の仲の不安定さを詠んでいるが、『紫式部集』のこの歌を恋に限定する必要も感じられない。これは、人生の行く先の漠然《ばくぜん》とした不安を色濃く表すことばと解釈してよかろう。夕立に揺れる舟は、これから先への不安を抱く紫式部自身に重なる。ここには地名やその手がかりとなることばもみられないだけに、かえって不安な心情が浮かび上がる。

この歌は、『新古今集』騎旅《きりよ》歌にも収められる。そちらの詞書*でも、やはり湖の上に浮かぶ舟に乗って夕立《ゆうだち》が来そうだと申したのを聞いて詠みました、という事情が説明されている。水路に天候は何より大事なもの。手漕《こ》ぎの舟で夕立に遭《あ》うのは、現代よりはるかに大きな危険がともなう。その不安な心情はこの歌を読んだ多くの人々にも共感され、これは勅撰《ちよくせん》集の旅の歌に収められる。『新古今集』の歌と合わせてみると、詞書もほぼ同じながら、『紫式部集』の一連の歌からは、都や人への思い、行く先の不安が色濃く映し出されている。旅路《たびじ》での詠歌《えいか》に、遠くへ行く紫式部の浮き立つ思いなどは感じられない。ここにいるのは、道中《どうちゆう》の湖水《こすい》にあって、先を案じ不安に心を揺らすひとりの女性である。

＊小野小町の歌—小野小町は平安時代前期の歌人、六歌仙の一人。後撰集・恋三・七七九「心から浮きたる舟に乗りそめて一日も浪にぬれぬ日ぞなき」。（ふとした心から頼りなく浮いた舟に乗り始めて一日も涙の浪に濡れない日はありません）。

＊詞書—新古今集・騎旅《きりよ》歌・九一八。詞書「湖の舟にて、夕立のしぬべきよしを申しけるを聞きてよみ侍りける」で入集する。

08

知りぬらむ往《ゆ》き来にならす塩《しほ》津《つ》山世に経《ふ》る道はからきものぞと

【出典】紫式部集・二三、続古今集・雑歌中・一六九八

知っているでしょう。行き来してなれている塩津山はその名のとおり辛い道、世を生きていく道は同じように辛いものだと。

知っているでしょう、といきなり紫式部は切り出す。塩《しお》津《つ》山の道はつらいってことを、と。塩津山は、琵琶湖の北岸にあり、京から北陸へ行く道筋の玄関口にあたる。『万葉集』の時代から和歌に詠まれる近江の国の＊歌枕《うたまくら》でもある。その塩津山の名に寄せての歌。詞書には、塩津山の道が草深《くさぶか》く茂っていて、乗り物や荷物を運ぶ身分の低い男たちが見馴《みな》れぬいでたちをして、「やはりつらい道だなあ」と言うのを聞いて、とある。「塩」の連想から「か

【詞書】塩津山といふ道のいとしげきを、賤《しづ》の男《を》のあやしきさまどもして、なほからき道なりやといふをききて。
（塩津山という山の道はたいそう草木が茂っているので、輿を舁《か》く身分の低い男たちがみすぼらしい出で立ちで「やはりつら

らき」が導かれ、あなたがたもわかったでしょう、という歌。草深い道に、人の世の道が重ね合わせられている一首である。

当時、京から北陸へ行くには、琵琶湖を渡る。その詳細な道筋についてもさまざま推定されるが、北岸の塩津から陸路で越前をめざす。父藤原為時《ためとき》は朝廷の任命により赴任する国守《こくしゅ》であるから、一行は徒歩で陸路を行くのではなく乗り物を使ったにちがいない。京の内ならば牛車《ぎっしゃ》が使えるが、険《けわ》しい山道はそういうわけにはゆかず、一行は人の担ぐ輿《こし》という乗り物を利用する。その担ぎ手の男たちが「歩きづらい大変な道だなあ」と言ったのに対して、紫式部は「世に経《ふ》る道」すなわちこの世を生きる道と詠みかえて、人の世はつらいものだとわかったでしょう、と言った。「あやしきさま」は身分の低い男たちの妙な身なりのこと。紫式部は、日頃このような姿に見なれてはいない。

これは、道中でのちょっとした一齣《ひとこま》を詠みながら、人の世、人生を思う歌である。旅路での不安な心情から、人の世を生きるつらさへと歌が続いていく。ただし、「塩」とその連想による「からし」を用いる詠みぶりには、言葉遊びのような印象さえある。生きることを冷静にみつめつつ、深刻にはおちいらず、どこか遊びを楽しむような紫式部の余裕が感じられる。

い道だなあ」というのを聞いて)。

*歌枕―和歌に詠み込まれる地名。

09

ここにかく日野《ひの》の杉むら埋《うづ》む雪小塩《をしほ》の松に今日やまがへる

【出典】紫式部集・二五

ここではこのように、日野岳の杉を埋めるほどの雪だが、この雪が都でも小塩山の松に今日は散り乱れて降っているのだろうか。

【詞書】暦に初雪降《はつゆきふ》ると書きたる日、目に近き日野岳といふ山の雪、いと深う見やらるれば。

(暦に初雪降ると書いてある日に、目の前の日野岳という山の雪が、たいそう深く見えるので)。

真っ白な深い雪に、紫式部は京の雪景色《ゆきげしき》を思う。父とともに、無事、越前の国府《こくふ》、武生《たけふ》に到着した紫式部は、山に深い雪が降り積む光景を目《ま》の当たりにしている。

日野は越前の国にある日野岳《ひのたけ》で、現在は日野山と呼ばれる。その日野岳に群生《ぐんせい》する杉の木々を一面に埋《うず》めてしまう北陸の深い雪に、京育ちの娘は、近郊にあった小塩《おしお》山の松を思い合わせる。小塩山は現在の京都市右京区の大原《おおはら》野《の》にある山。そこには藤原氏の氏神《うじがみ》を春日大社《かすがたいしゃ》から迎えて祀る大原野神社があり、藤原氏と縁の深い場所であった。「小塩山」は歌枕《うたまくら》として和歌に詠まれる地名であり、『伊勢物語』*《いせ》七十六段や『古今集』雑上にも、これを詠んだ歌*がある。見馴れぬ山の雪景色と、京で見ていた薄雪《うすゆき》の景色と。同じ雪ながらおよそ似つかぬふたつの雪景色が紫式部の心に重なる。

この歌の詞書には、暦《こよみ》に初雪が降ると書いてある日、目の前にある日野岳という山の雪が深くみられるので、とある。当時、男性の貴族たちは漢文《かんぶん》で日記をつけていた。それは事実を中心とし、心情などは書かず、日々の出来事を記す記録である。ここに「暦」とあるのは具注暦《ぐちゅうれき》とよばれるものであろう。月の運行を基準とする太陰暦《たいいんれき》の暦に、あらかじめ季節の二十四節気《にじゅうしせっき》や吉凶などが書かれており、そこに日々の事柄を書き入れていく形式である。紫式部は手もとにある暦の初雪の記事から、京の小塩山に思いを馳《は》せる。冬の到来《とうらい》を告げるかのように初めて舞い降りる雪のひとひらは、美しい。「書きつけたる」とする本文（陽明文庫本）は、紫式部みずから書き入れたという解釈も導く。

この紫式部の歌に、返歌*が続く。

小塩山松の上葉《うは》に今日やさは峯のうす雪花と見ゆらむ

【語釈】○日野―日野岳は現在の福井県にある山。○杉むら―杉の木が群がり立っている様子。

＊伊勢物語―平安時代前期の歌物語。

＊歌―「大原や小塩の山も今日こそは神代のことも思ひいづらめ」。（大原の小塩山の神様も今日この日には神代の昔のことをお思いだしになっていらっしゃるでしょう）。ただし『伊勢物語』塗籠《ぬりごめ》本の本文は「小塩の松」となっている。

＊返歌―紫式部集・二六。詞書は「返し」。

小塩山では松の上の葉に、今日はそれならば初雪が積もって、峯《みね》の薄雪は花のように見えることでしょう、という。贈られた歌をそのまま素直に受けとめて、小塩山の雪景色が詠まれている。家集では誰の歌と示されてはいないが、山の峯に積もる薄雪を花と見立てる美しい詠みくちから、これは侍女《じじょ》の歌ではないかとする解釈もある。一首の内容から、詠み手が京の小塩山を知っているのは明らかで、おそらく気心《きごころ》の知れた女性の歌であろう。同じ雪景色でも、場所が異なれば、まるで趣が違う。越前で紫式部が目にした日野岳は初雪に杉の林がすっぽりと覆《おお》われるほどの深い冠雪《かんせつ》、一方、京近くの小塩山は松の葉の上にうっすらと積もる薄雪で花に見立てられる。素直《すなお》に詠まれた返歌が、雪国にある紫式部の心に寄り添う。

　越前への旅路での歌に続いて置かれるこの贈答歌は、紫式部にとっての越前が、深い雪とともに心に刻まれていたことを伝えている。

　この贈答歌のあとにならぶのは、紫式部の詠んだ雪の歌である。詞書*には、降り積もってたいそうやっかいな雪をかき集めて、雪山のようにしたところ、人々がのぼって「これをごらんなさいませと」言ったので、とある。紫式部の気を晴らそうと、人々は雪かきをして捨てた雪で山を作り、その山

＊詞書―紫式部集・二七。詞書に「降り積みていとむつかしき雪を掻《か》き捨てて、山のやうにしなしたるに、人々のぼりて、なほこれいでてみたまへといへば」とある。

にのぼり、誘っているのである。

ふるさとに帰る山路のそれならば心やゆくとゆきも見てまし

ふるさとに帰るという名の「鹿蒜山《かへる》」ならば、心が晴れ晴れするかと行ってもみましょうものを、という歌。「ふるさと」は京、「鹿蒜山《かへる》」は前にとりあげた筑紫にくだった友の返歌（05鑑賞参照）にも詠まれていた越前の山。ここに、「帰る」が掛けられている。どこへ帰るのかといえば、もちろん京に他ならない。「ゆき」は、「行き」と「雪」との掛詞《かけことば》。宮廷や貴族たちの邸でも庭で雪の山を作って遊ぶことがあり、『源氏物語』の朝顔《あさがお》巻にもその場面が描かれている。ふだんは部屋の中にいて姿を見せない女性たちも、この時ばかりは外に出て真っ白な雪の手触りをよろこび、雪遊びにうち興《きょう》じる。しかし、冬の京での雪遊びは風流《ふうりゅう》でも、驚くばかりの深い雪にうんざりする越前の地では、さすがに気が進まない。詞書には「いとむつかしき雪」、とてもいやな雪とある。現実とは反対のことを仮定する「まし」を用いた歌の「ゆきも見てまし」は、京に帰る山なら行ってみるけれど、そうではないから……という気持を表す。

北陸の深い雪に、いつしか紫式部は望郷《ぼうきょう》の念を募《つの》らせている。

10

春なれど白嶺《しらね》の深雪《みゆき》いやつもり解《と》くべきほどのいつとなきかな

【出典】紫式部集・二八

春になったけれど、白い嶺の雪はまだ積もっていて解《と》けるのがいつかわからないように、私の心がうち解けるのもいつになるかわかりませんよ。

【詞書】年かへりて、「唐人見に行かむ」と言ひける人の、春は解くるものといかで知らせたてまつらむと言ひたるに。

（年が明けて、「唐の人を見に行こう」と言った人が、春は氷が解けるもの、そのようにあなたの心も

私の心はいつ解《と》けるかわかりませんよ、と切り口上《こうじょう》で返す歌。雪を厭《いと》う歌が続くなかに、突然、恋のかけひきのような歌が出てくる。同じ雪を詠み、雪にちなんだ一連の流れにありながら、この歌は雪そのものというよりし、心がうち解けることを表すために雪が解けることを用いている。詞書によれば、年が明けて旧暦《きゅうれき》の春、「唐人《からひと》を見に行こう」といった人が、春は解けるもの、つまりあなたの心もうち解けるものと、どうにかしてお知らせ申

し上げたい、と言ってきたので詠まれた歌である。ここに、先方から贈られてきた手紙の歌は載せず、紫式部の返歌のみが、雪の連想で繋《つな》がる歌のならびに入れられる。

「唐人」は中国の人。紫式部の頃であるから、中国は宋《そう》の時代になる。この時の史実《しじつ》を書き記す『*権記《ごんき》』や『*日本紀略《にほんきりゃく》』が伝えるところによると、長《ちょう》徳《とく》元年（九九五）九月、若狭国《わかさのくに》に宋《そう》の人七十人が漂着《ひょうちゃく》し、しばらく越前に住まわされた。紫式部の父為時は、越前に赴任してから宋の人たちに会い、文人で漢詩の才に秀《ひい》でた為時はその人たちに詩を贈っている。その詩は『*本朝《ほんちょう》麗藻《れいそう》』という漢詩集に収められている。為時一行は長徳二年に越前に行ったのであるから、詞書にいう年明けであれば、長徳三年の春となろう。この詞書をめぐって、その解釈のしかたには微妙な揺れもある。いま、ここでは、「年かへりて」で読点《とうてん》を打ち、誘ってきた相手のことばを「唐人見に行かむ」としたが、「年かへりて唐人見に行かむ」と繋げて、贈ってきた人が「年が明けたら見に行こう」と解釈する説もある。そう考えると、誘ってきたのは前の年になるが、当時の語法としては、年が明けて、と区切って解釈するのが妥当《だとう》と考えられている。

うち解けるものとどうにかしてお知らせ申し上げようと言ってきたので）。

【語釈】○白嶺―加賀の白山。歌枕。

*権記―藤原行成の日記。

*日本紀略―漢文で略記された史書。撰者未詳。神代から後一条天皇に至る内容。

*本朝麗藻―平安時代中期の漢詩集。高階積善《もりよし》撰。

宋の人たちを見に行こう、と言っていた人が、春は心も解けると知らせたいと言う。歌を贈ってきたのは、男性らしい。雪の連想で続く歌だが、ここで「春は解くるもの」は、雪ではなく氷である。これは『古今集』*のよみ人しらず歌による。

春たてば消《き》ゆる氷の残りなく君が心は我に解けなむ

立春《りっしゅん》になったら消える氷のようにあなたの心は私に解けるでしょう、という恋の伝承歌《でんしょうか》をふまえている。贈られた歌は、誰もがよく知る勅撰集《ちょくせんしゅう》歌の「消ゆる氷」によって詠まれたものであった。春はうち解けるものですよ、と物を知ったような口調で、相手の心を見透《みす》かすように言ってくる相手。よく知られた歌の趣向を用いて、女性の心をぐっと引き寄せようとする世馴《よな》れた詠み手の男性をこの時の紫式部の身近に探せば、やはりのちに夫となる藤原宣孝《のぶたか》ではないかと推測されよう。藤原宣孝は正暦《しょうりゃく》元年（九九〇）に筑前守《ちくぜんのかみ》になった人で、この時すでに四十歳ほど。当時は、算賀《さんが》という長寿の祝いを四十歳から十年ごとにおこなう習わしであるから、これは、初老といってもよいかなり年上の男性からの贈歌《ぞうか》である。

宋の人たちを見にいこう、と思い立つのは、平安時代半ばの男性貴族なら

*古今集—古今集・恋一・五四二・よみ人しらず。

ば、大陸への興味をかきたてられてという面もあろう。しかし、ここでは、何より紫式部に逢《あ》うために他ならない。異国の人たちにかこつけて、思う女性のもとへ行こうというのである。

いかにも恋のやりとりになれたようなこの贈歌に、紫式部は北陸の深い雪を持ち出して、春になったけれど深い雪は積もり積もっていつ解けるのかわからない、私の心が解けるのもわからないことですよ、と返す。「白嶺《しらね》」は加賀《かが》の白山《はくさん》で、「知らね」が掛けられている。北陸の高い山に積もる深い雪は解けがたい。実景としての白い嶺《みね》に加えて、この「白嶺《しらね》」には「知らね」が掛けられて、知らない、わからない、という意味になる。相手に恋のことばを詠みかけられて、そうかしら、と反発するような口ぶりで切り返すのは、この時代の女性たちの和歌によくみられる返し方である。心を通わせる男女の和歌のやりとりは、恋のかけひき。誘われてそのまま応じることは、まずあり得ない。相手の思いに寄りかかりながら、しかし簡単にはなびかず、時には一歩踏み込んで切り返す。この歌も、ちょっと思わせぶりなやりとりそのものを楽しんでいるかのようでさえある。

京に帰り、やがて、紫式部はこの男性と結婚する。

11

みづうみの友よぶ千鳥《ちどり》ことならば八十《やそ》の湊《みなと》に声絶えなせそ

【出典】紫式部集・二九

湖の友を呼ぶ千鳥さん、同じことならば、あちこちの湊に声をお絶やしになりませんように。

相手を千鳥《ちどり》になぞらえてよびかけ、あちこちの女性に声をかけ続けるよう促《うなが》す。もちろん、本心からではない。このようなことを言うのも、恋のかけひきゆえ。これは、恋情《れんじょう》を訴えてくる男性へ返した歌らしい。詞書は、*近《おう》江守《みのかみ》の娘に言い寄っていると聞く人が、「浮気心などありません」などと常に言い続けてくるので、わずらわしくて、という。別の女性に恋慕《れんぼ》しながら、紫式部には二股《ふたまた》はかけていませんなどとそらとぼけたことを言う相手

【詞書】近江の守のむすめ、懸《け》想《そう》ずときく人の、ふた心なしなど、つねに言ひわたりければ、うるさくて。
（近江の守の娘に、言い寄っているときく人が、私は他の女性を思うことなどありませんと言い続けてくるので、わずらわし

に、紫式部が皮肉をこめて返した歌である。「ことならば」は「同じことならば」の意。「八十の湊《みなと》」は滋賀《しが》県の地名である野洲《やす》という本文も伝えられるが、『*万葉《まんよう》集』の時代から「近江のうみ」と「八十《やそ》」の湊を取り合わせて詠む例はあり、特に地名に限定する必要もない。「八十の湊」は琵琶湖を念頭においた多くの湊で、大勢の女性たちのこと。男性が言い寄る先々の女性たちの意。「な……そ」は禁止の表現。あなたのことだけを思っていると言いつつ近江守の娘にも恋慕しているらしい相手に、お気のあるあちこちの女性たちに声を絶やしてはいけませんよ、と強くあてこする口調《くちょう》である。

『紫式部集』はここで恋の連想へとかわり、越前での歌から続くならび方からすると、この男性ものちに夫となる宣孝と思われてくる。越前滞在中か、京へ帰ってまもない頃に詠まれた歌であろうか。当時の貴族たちの慣《かん》習《しゅう》からすれば、年配の宣孝に複数の女性たちがいても不思議ではない。詞書には、「懸想《けそう》ずときく」とある。宣孝の噂《うわさ》は紫式部の耳にも入るほどであるのに、浮気はしていないとは、ずうずうしい。恋の道に通じた男性のふるまいに、紫式部は本気で腹を立てているというより、皮肉たっぷりに応じて、相手を試《ため》しているようでさえある。

くて)。

【語釈】〇八十の湊―たくさんの湊。通いどころとする大勢の女性を表す。

*近江守の娘―近江守の娘には源則忠《みなもとのりただ》、平惟仲《たいらののぶなか》の娘などが推定されている。

*万葉集―奈良時代の歌集。巻七・雑歌・一一七三に「近江の海　湊は八十ち」、巻十三・雑歌・三二五三に「近江の海　泊り八十あり」などとある。

12

四方《よも》の海に塩焼く海人《あま》の心から焼くとはかかるなげきをやつむ

【出典】紫式部集・三〇、続千載集・雑歌中・一八六四

あちこちの海で塩を焼く海人がみずから焼いているように、恋の火に進んで身を焼くというのは、この絵のように投げ木を積んで、せっせと嘆きを積み重ねているのでしょうか。

【詞書】歌絵に海人《あま》の塩焼くかたを描きて、樵《こ》り積みたる投木《なげき》のもとに書きて、返しやる。

（歌絵に海人が塩を焼く絵を描いて、切り出して積み重ねた薪のもとに書いて返し送る歌）。

○続千載集詞書「歌絵に、

歌に合わせて描かれた一枚の絵。そこに描き出される投《な》げ木《き》には、恋の嘆《なげ》きが重ね合わされている。詞書には、海人が塩を焼く姿を描き、切って積み重ねた薪《たきぎ》の下に歌を書きつけて返した、とある。海水を煮つめて塩をつくることを、塩焼きあるいは塩を焼くという。その薪によせての歌である。この歌の三句以降には、和歌の技巧《ぎこう》が重ねられている。「心から焼く」には、生活のためにせっせと塩焼きに励《はげ》む海人の姿と、恋の思い（ひ＝火）に身を焼

くという意味が、「なげき」には薪の意の投げ木と「嘆き」とが掛けられる。先に贈られてきた歌は載せられていないが、おそらく、相手の男性はこれまでも「あなたへの恋の思いに身を焦がしています」と、大げさなもの言いで恋の歌を贈ってきたのであろう。それに対して紫式部の歌は、あなたが「思ひ」の火に身を焼き焦《こ》がすとおっしゃるのは、この絵の投げ木のようにみずから好んで嘆きを積み重ねているのでしょう、と切り返す。これも、皮肉《ひにく》をこめて突き返すような詠みくちである。

この歌を返す相手は、歌のならび方からすれば、恋歌のやりとりをする同じ男性、宣孝《のぶたか》と考えられよう。前にもふれたとおり、男性からの贈歌にすんなり応じるのではなく、非難《ひなん》めいた詠みくちで返すのは、当時の女性たちの歌の心得《こころえ》である。絵を描いたのが相手なのか紫式部なのか、明らかにはされていないが、絵に合わせて火と掛かる「思ひ」や嘆きと掛かる「投げ木」を詠み込む歌は、視覚にも強く訴えかけて有効である。この歌にこめられているのは、相手への憎悪《ぞうお》や無関心などではあるまい。相手に好意を抱《いだ》くからこそ、こうした歌も贈れる。相手が他所《よそ》の女性たちに心を移すことを不満に思いながらも、やはり相手に心惹《ひ》かれて已《や》まない紫式部がいる。

海人《あま》の塩焼く所に樵り積みたる木の本《もと》に書きて、人のもとに遣《つか》はしける」、和歌本文「四方《よも》の海の潮《しほ》汲む海人の」。

【語釈】○四方の海—あちこちの海辺。

13

紅《くれなゐ》の涙ぞいとど疎《うと》まるる移る心の色に見ゆれば

【出典】紫式部集・三一、続古今集・恋歌三・一一九三

紅の涙など、ますます嫌になってしまうことですよ。それは移ろいやすい心の色にみえますので。

紅色の涙、といきなり衝撃《しょうげき》的なことばで紫式部は歌を詠み返す。歌の贈り主は同じ宣孝《のぶたか》らしく、その手紙にはただならぬ演出《えんしゅつ》がほどこされていた。詞書に伝えられる事情が激しい。手紙の上に朱をぽとぽと注ぎかけて、私の「涙の色」などと書いてよこしたという。紙の上にほとばしる朱は血の涙、鮮《あざ》やかなこの紅の色こそあなたとの恋のために流す私の涙という。なんと大げさな恋文であろうか。

【詞書】文《ふみ》の上《うへ》に、朱《しゅ》という物をつぶつぶとそそきかけて、涙の色など書きたる人の返り事に。

(手紙の上に、朱というものをぽとぽととそそぎかけて、「涙の色」などと書いている人の返事に)。

平安時代の和歌は、貴族たちの日常生活の一環《いっかん》でもある。それが挨拶《あいさつ》であり、恋のやりとりにもなる。時に、このような鮮烈《せんれつ》な趣向の歌も生まれる。贈られてきた手紙が、相手の深刻な態度の表れというわけではあるまい。わざと大げさな演出をして茶目《ちゃめ》っ気たっぷりの手紙を贈り、紫式部の反応を楽しもうとしているのであろう。贈り手には、どこか遊び心が感じられる。

血の涙の演出は、前にもふれたとおり漢語の「紅涙《こうるい》」に由来する。それを和訓《よ》みした「紅の涙」は、涙が涸《か》れるまで泣いてもなおとまらぬほどの悲しみを表す、誇張《こちょう》表現である。

おおげさな手紙を受けとって「紅の涙」と始めるこの返歌《へんか》では、究極《きゅうきょく》の悲しみをあらわす紅の涙なんて、ますます嫌になってしまいますという。「疎《うと》まるる」という自発《じはつ》の表現は、意思《いし》ではなく嫌にならずにいられない、という気持。理由は倒置法《とうちほう》であとから示され、あなたの移ろいやすい心の色が映っているように見えますから、とはね返すように応じる。色あせやすい紅の色、というわけである。

歌のあとには、もともと他所《よそ》の女性と結婚していた人なのであったという一文*が続く。朱で涙を散らす恋文は、豊富な恋愛経験ゆえの演出であった。

＊一文—この歌に続けて「もとより人のむすめをえたる人なりけり」とある。

14

閉《と》ぢたりし上《うへ》の薄氷《うすらひ》解《と》けながらさは絶《た》えねとや山の下水《したみづ》

【出典】紫式部集・三二

凍っていた薄氷もようやくとけて私たちもうち解けてきていますのに、それでは絶えてしまえというのでしょうか。流れ始めた山の下水のように通い始めたあなたとの仲も。

解《と》けかけている薄い氷は、うち解《と》け始めた恋の光景。なのに、二人の仲が絶えてしまえというのですか、と紫式部は反論する。これも、宣孝《のぶたか》への歌であろう。「紅《くれなゐ》の」(13)の歌のあとに置かれた一文「もとより人のむすめをえたる人なりけり」は、この歌の長い詞書にも関わっていく。詞書をたどれば、私の手紙をあちこちの人たちに見せてしまったと聞いて「これまでお贈りした私の手紙を全部集めて返してくださらなければ、お返事は書きませ

【詞書】文散《ふみ》らしけりと聞きて、ありし文《ふみ》どもとりあつめておこせずは、返り事書かじと、ことばにてのみいひやりければ、「みなおこす」とて、いみじく怨《ゑん》じたりければ、正月十日ばかりのことなりけり。

(私の手紙を他の人に見

ん」と、使いの者に手紙ではなく口頭《こうとう》の言葉だけで言ったので、向こうは「全部返す」とたいそう怨《うら》んできた、という。時は正月十日頃。私たちの恋文を他人に見せるなどとんでもない、と憤慨《ふんがい》する紫式部に対して、相手も手紙は全部返すと言いつつ腹を立てている。しかし、本当に全部取り集めて返すのであれば、二人の仲は終わりを迎える。険悪《けんあく》にみえる二人ながら、折しも年明けて正月の十日、新春の明るいはなやぎの時節《じせつ》である。これは、薄氷も解け始める時期に合わせ、心がうち解ける意を重ねて相手をなだめて、むしろ愛情の深まりを望む歌であろう。

歌の「閉《と》づ」は凍《こお》ること、「解《と》く」は解けること。「解けながら」は逆接《ぎやくせつ》の表現で、氷が解けるようにうち解けてきているのに、となる。「絶《た》えね」という命令形の強い言い方は、『*新古今集《しんこきんしゆう》』恋歌一の式子内親王《しよくしないしんのう》の有名な歌にもあり、私の命よ絶えてしまうというのならば絶えてしまえ、と詠まれる。「山の下水《したみづ》」は山の下を流れるせせらぎのこと、山かげの水の流れのように人目につかず秘《ひそ》かに通い始めている二人の情を表している。言い争うようなやりとりには、うち解け始めた二人の様子《ようす》も感じられる。仲違《たが》いのあとに涌《わ》きあがる相手への親しみの情は、前にもましていっそう深い。

せたと聞いて、「いままで私の送った手紙を全部とり集めて返してくれなければ、返事は書きません」と使いの者に口上のみで伝えさせるだけにしたので、「全部返す」といって、たいそう怨んできたので、正月十日頃のことであった）。

【語釈】○山の下水―山の下を流れる水。人知れず通い始めた愛情を喩《たと》える。

＊新古今集―恋歌一・一〇三四・式子内親王に「玉の緒《を》よ絶《た》えなば絶《た》えねながらへば忍ぶることのよわりもぞする」とある。式子内親王は鎌倉時代初期の歌人。賀茂神社に奉仕する斎院《さいいん》をつとめた。

15

東風《こち》に解《と》くるばかりを底みゆる石間《いはま》の水は絶《た》えば絶《た》えなむ（宣孝）

【出典】紫式部集・三三

春の東風に氷が解けるばかりなのに、涸《か》れて底まで見える石間《いわま》の水のように、二人の仲は絶えるのなら絶えてもいいでしょう。

【詞書】すかされて、いとくらうなりたるにおこせたる。（私のことばになだめられて、たいそう暗くなった頃に送ってきた歌）。

【語釈】○東風―春に東から吹く風。○底みゆる―底が見えるほど浅いこと。情が浅

返歌は、春風《はるかぜ》に氷が解けることを強調する。贈歌（14）では、二人の仲は通い合っていて、仲が絶えることなど望んではいませんよとあったが、その「山の下《した》水《みづ》」が、返歌では底がのぞくほどの涸《か》れそうな「石間《いはま》の水」と詠みかえられる。相手は、私の心はうち解けているのに、あなたの心が浅いから絶えるのでしょう、と応じてきた。詞書は、相手はなだめられて、暗くなって贈ってきた歌、と説明する。紫式部が態度を軟化《なんか》させると、相手はとたんに強く出てくる。

「東風《こち》」は東から吹く風。春のおとずれである。水が干上《ひあ》がって底が見える状態の「底みゆる石間の水」は、情が浅いことのたとえ。相手を非難するような詠みぶりだが、よくみれば、贈歌の「薄氷」を「解《と》くる」、「山の下水」を「石間の水」と受けて、歌のことばはしっかりと繋《つな》がっている。親しいがゆえに時に反発《はんぱつ》もして贈答を重ねる二人。やりとりは、さらに続く。

　*言ひ絶《た》えばさこそは絶《た》えめなにかそのみはらの池をつつみしもせむ

絶交《ぜっこう》するのならばどうぞ絶交してもいいでしょう。あなたが腹を立てるのにどうして遠慮などいたしましょう。

　紫式部も負けてはいない。絶交するならどうぞと、今度は強気に応じる。先方が「それなら、もう何も言うまい」と腹を立ててきたので、笑って返事をしたという。「みはらの池」は「原の池」に美称《びしょう》の「み」がついた表現か。「原」には「腹」が掛けられ、相手が腹を立てることを表す。

　この紫式部の歌に、また夜中に返事*があった。

　猛《たけ》からぬ人かずなみはわきかへりみはらの池に立てどかひなし

強くもない人数にも入らぬ身ゆえ、波をみはらの池に立てるように、腹を立ててもしようがないことです、という内容の歌を受け取り、一件落着《いっけんらくちゃく》した。

いことを表す。

*言ひ絶えば……—紫式部集・三四。詞書に「「いまはものもきこえじ」とはらだちたれば、わらひて、返し」とある。

*返事—紫式部集・三五。詞書に「夜中ばかりに、また」とある。「人かずなみ」に「人数無み」と「波」をかける。

16

いづかたの雲路《くもぢ》と聞かばたづねまし列《つら》はなれけん雁《かり》がゆくへを

【出典】紫式部集・三九、千載集＊・哀傷歌・五六四

どちらの雲の通い路にいらっしゃるのかと聞けるのならば、お尋《たず》ねいたしますのに。列を離れてしまった雁のようなあなたの行方を。

【詞書】遠きところへ行きにし人の亡くなりにけるを、親はらからなど帰りきて、かなしきこと言ひたるに。

（遠いところへ行ってしまった人が亡くなったのを、親兄弟などが帰ってきて、悲しいことをいったので）。

大切な友が、会えぬ世へ旅立《たびだ》ってしまった。それを知って紫式部は悲しみにくれる。詞書には、遠いところへ行った人が亡くなってしまったのを、その人の親や兄弟たちが帰ってきて、悲しいことを言うので、とある。『紫式部集』の詞書には、しばしば「……人」という表現で大切な人が表される。ここでは、京を離れ遠方の地に赴《おもむ》いてそこで亡くなった人という。これまでの歌をふりかえってみれば、この人こそ西の国へ行ったあの友であ

ろう。亡くなった人の親兄弟が京に帰ってきて、というのであるから、任期《にんき》を終えて帰京したのであろうが、その時、大切な友は一緒に帰ってこなかった。前にふれた『紫式部集』の筑紫へ行った友への返歌（05鑑賞参照）にあった「雲の通《かよ》ひ路《ぢ》」が、この「いづかたの雲路《くもぢ》」と見合う。会えぬ世界へ旅立ってしまったのは、あの女性と思い当たる。

「雲路《くもぢ》」は、雲の中にある路《みち》のこと。「聞かばたづねまし」は、事実に反する仮定を表す言い方。聞いたならば尋《たず》ねるのに、という言い方は、尋ねられない現実と表裏一体である。雁《かり》が群れを成して飛んでいく光景を思い浮かべる「列《つら》」という表現に、帰京した友の一行《いっこう》が重ねられている。その列を離れてしまった雁が、帰京できなかった友。紫式部は、その行方《ゆくえ》を思いやる。

筑紫へくだった友と紫式部の贈答歌（05）は、遠く離れて、なお心を通わし合う二人を伝えていた。筑紫と越前のはるかな距離が、二人の絆の固さを物語る。姉へ、妹へ、と手紙を書きあった懐《なつ》かしい日々は、もう戻らない。かけがえのない親友を失い、過ぎ去った日々に思いを馳《は》せる紫式部の悲しみは、いかばかりであったか。

『紫式部集』ではこの歌から、亡くなった人を悼《いた》む哀傷《あいしょう》の和歌が続いていく。

○千載集の詞書は「遠きところに行きける人の亡くなりにけるを、親はらからなど都へ帰り来て悲しきこと言ひたるに遣しける」。

【語釈】○雲路—空にある雲の通う道。月などの通り道を表す。

17

雲の上もの思ふ春は墨染《すみぞめ》に霞《かす》む空さへあはれなるかな

【出典】紫式部集・四〇、玉葉集・雑歌四・二二九八

宮中でも喪に服して物思いに沈むこの春は、墨染めの色に霞む空までしみじみと悲しく思われることですよ。

紫式部は、夫の喪《も》に服している。その心中《しんちゅう》を思いやって歌を贈ってくれる人がいる。詞書に、去年から薄鈍《うすにび》色の装束《しょうぞく》である人に、女院《にょういん》がお亡くなりになったその春、たいそう霞のかかった夕暮れに、使いの人に置いていかせた歌、という。薄鈍《うすにび》色は薄いねずみ色で喪服《もふく》姿を表す。ここでは、紫式部のことをさしている。夫の宣孝《のぶたか》が亡くなり、去年からその喪に服す自分自身のことを、わざと「……人」と突き放すように表現しているのである。

【詞書】去年《こぞ》より薄鈍《うすにび》なる人に、女院かくれさせたまへる春、いたう霞みたる夕暮れに、人のさしおかせたる。

（去年から喪服姿である人のところに、女院がお亡くなりになった春、たいそう霞みのたちこめてい

「女院」は、天皇の母などに贈られた尊号《そんごう》。これは、*一条《いちじょう》天皇の生母《せいぼ》で「女院」の初例となり「東三条院《とうさんじょういん》」と称した、皇太后《こうたいごう》の藤原詮子《せんし》のことである。詮子は*円融《えんゆう》天皇の后で、*藤原道長《みちなが》の姉。当時の慣例として、天皇が父母の喪に服す一年間は、国中の服喪《ふくも》期間となる。母詮子が*崩御《ほうぎょ》して一条天皇はじめ国中が喪に服す間は、紫式部も喪に服す義務がある。紫式部にとって、この春は、夫と詮子の二重の喪に服す悲しい春になった。その紫式部を気遣《きづか》って弔問《ちょうもん》の歌を詠んできたのは、心の内を理解できる女性の知人であろうか。

歌に詠まれる「雲の上」は宮中のこと、「墨染《すみぞめ》」は喪服の色。空に霞がかかるのは春の景色だが、ここでは夕暮れ時の空の色合いを「墨染」に重ね、この春の夕暮れの空は墨染めに霞むように感じられるという。

*『尊卑分脈《そんぴぶんみゃく》』によれば、夫宣孝の亡くなったのは、長保《ちょうほう》三年（一〇〇一）四月二十五日である。直接の死因は不明だが、長保二年頃から疫病《えきびょう》が流行していたらしい。一方、詮子が亡くなったのは、長保三年の閏《うるう》十二月二十二日。太陰暦では*閏月《うるうづき》をはさんで暦《こよみ》を調整する。この歌を、詮子崩御《ほうぎょ》の春とすれば長保三年の春になるが、太陰暦の春は一～三月で、宣孝が亡くなった四月は夏であるから、これでは夫の亡くなる前から喪に服していたことになって

る夕暮れに、ある人が届けさせた歌）。

【語釈】○雲の上―宮中。○墨染―夕暮れの空の色に喪服の色を重ねて表す。

*一条天皇―在位九八六―一〇一一年。

*円融天皇―在位九六九―九八四年。

*藤原道長―平安時代中期の貴族。藤原氏全盛時代の中心的存在。

*崩御―天皇・皇后・皇太后などが亡くなること。

*尊卑分脈―日本の主要な諸氏の系図を総合した資料。

*閏月―陰暦で暦の調整のために十二ヶ月に加えて設けられた月。

しまう。したがって、女院のお亡くなりになった春とは、長保三年ではなく、翌年の長保四年（一〇〇二）の春と考えられよう。『紫式部集』の別の本文（古本系）では、「またの春」となっており、こちらの方がこの歌をめぐる事情にはふさわしい。

この一首は、正和《しょうわ》三年（一三一三）に*京極為兼《きょうごくためかね》の撰進《せんしん》した『*玉葉集《ぎょくようしゅう》』に収められる。しかし、そこでは、作者が紫式部と明記されている。つまり、紫式部が人のもとへ詠んで贈った和歌となり、『紫式部集』の詞書にある、宣孝が亡くなって喪に服している事情はどこにもふれられていない。変わってしまったいきさつはともあれ、後の『玉葉集』の歌は、かえって、『紫式部集』の自分を客観的にみつめる紫式部を浮かび上がらせる。

『紫式部集』では、引き続きこのあとに紫式部の返歌*を載せる。

なにかこのほどなき袖を濡《ぬ》らすらむ霞の衣なべて着る世に

「ほどなき袖」は、とるにたりない私の狭い袖という控えめな表現。「濡らす」は悲しみの涙で袖を濡らすこと。どうしてこの小さな私の袖などを濡らしているでしょう、世の中の誰もが喪服を着る時ですのに、と応じる。贈歌《ぞうか》の「墨染の空」に応えて「霞の衣」を詠み込み、「霞」に「墨」を掛けてい

*京極為兼―鎌倉時代末期の歌人。京極派和歌を撰進。

*玉葉集―玉葉集には紫式部の歌として、詞書に「東三条院隠れさせたまひにけるまたの年の春、いたく霞みたる夕暮に人のもとへ遣はしける」とある。玉葉集は十四番目の勅撰和歌集。伏見院の院宣により、一三一三年完成。

*返歌―紫式部集四一の詞書は「返し」。この歌は新千載集・哀傷・二二八〇にも「東三条院隠れさせたまうてまたの春、消息したる人の返事に」の詞書で収められる。

る。「ほどなき袖」という謙遜《けんそん》の表現と、「なべて着る世に」と世の中全般を見渡す表現が、対比《たいひ》をなしていよう。

天皇の母を国母《こくも》という。そのような身分の高い詮子の崩御《ほうぎょ》に国中の誰もが悲しみにくれているのだから、夫を亡《な》くした私ひとりの悲しみではありません、と紫式部の歌は気丈《きじょう》な詠みぶりである。女院の死と夫の死。悲しみはそれぞれに深く比較などできるものではないが、身近な人を亡くしたひとりの女性の喪失《そうしつ》感は、はかりしれない。それなのに、この返歌《へんか》で、自身の悲しみを封じ込めてしまうような態度を表すのは、ひとつには和歌が平安時代の貴族たちにとっての嗜《たしな》みであったからであろう。それは、常に本心をさらけ出すものではあり得ない。慰《なぐさ》めようとしてくれる贈歌に、自分の悲しみなどものの数にも入らないと言ってみることで、気遣ってくれる相手を思いやり、自分の悲しみを静かに受けとめ、人の世の抗《あらが》えない現実に向き合おうとする。

『紫式部集』に、夫の死を生々《なまなま》しく悲しむ歌はみられない。しかし、こうした一首に、あるいは歌と歌のあいだに、悲しみと葛藤《かっとう》の心がこめられていよう。このあとに、宣孝と他の妻の間に生まれた娘からの歌と、その娘に贈った紫式部の歌が続く。

18

亡き人にかごとはかけてわづらふもおのが心の鬼にやはあらぬ

【出典】紫式部集・四四

亡くなった人にかこつけて悩み苦しむのも、自分の心ゆえに生じる鬼のせいなのではないでしょうか。

【詞書】絵に、物の怪《け》つきたる女のみにくきかた描《か》きたるうしろに、鬼になりたる元の妻《め》を、小法師の縛《しば》りたるかた描きて、男は経《きやう》読みて、物の怪責めたるところを見て。

（絵に、物の怪のついている女の醜い姿を描いたそ

紫式部は、物《もの》の怪《け》がとりついている絵を見ている。物の怪とは、人にとりついて祟《たた》る生霊《いきりょう》や死霊《しりょう》のこと。詞書によれば、この絵に描かれているのは四人らしい。物の怪のついた醜《みにく》い姿の女、その後ろに鬼になった前の妻とそれを縛《しば》っている小法師《こぼうし》、さらにお経を読んで物の怪を退散《たいさん》させようとしている男である。この男をめぐって、二人の妻の心情がもつれている。後ろに鬼になった先妻《せんさい》がいるのであるから、物の怪にとりつかれている女は後妻《ごさい》であ

ろう。歌の「亡き人」が、先妻になる。

穏《おだ》やかならぬ人間模様を描く一枚の絵に、紫式部は、ただ恋のさやあてを詠んでいるわけではない。紫式部がみつめているのは、物の怪の真相《しんそう》である。「かごと」は口実《こうじつ》、つまり、亡くなった先妻の物の怪にかこつけているけれど、本当は自分の心から生じた鬼に責められているのでしょう、という。物の怪とは、自身の心が生み出すのだと主張する歌である。

「心の鬼」は早く『*蜻蛉日記《かげろう》』にもみられることばで、漢語の「疑心暗鬼《ぎしんあんき》」に由来する和語《わご》である。自分の心の中に人知れず抱く疑いや迷いの思いがあるため、実際にはありもしない鬼のような恐ろしいかたちが見えてしまう。物の怪の正体は、他ならぬその「心の鬼」だというのである。

平安時代の人々には、怨《うら》みを抱いた生霊や死霊が、肉体を離れてとりつき、祟《たた》ると信じられていた。奈良時代末から平安時代初期の宮廷社会では、政権争いに巻き込まれた敗者《はいしゃ》や犠牲者の怨霊《おんりょう》を、理屈では説明しきれない奇怪な現象や病《やまい》に結びつけて考え、世の安泰《あんたい》のためにその霊を慰めることがおこなわれた。*菅原道真《すがわらのみちざね》が*大宰府《だざいふ》に流されて客死《かくし》したのち、京に怪異《かいい》現象が起こり、その霊を鎮《しず》めるために北野天満宮《きたのてんまんぐう》に祀《まつ》られたのは、有名な例である。

の後ろに、鬼になった元の妻を、小法師が縛っている姿を描いて、男はお経を読んで、物の怪を責めているところを見て）。

【語釈】○かごと—口実や怨み言の意。「託言《かごと》」と書く。この部分を「かごとをかけて」とする本文もある。

*蜻蛉日記—藤原道綱《みちつな》の母の書いた仮名日記文学。

*菅原道真—平安時代前期の学者。政治家でもあり右大臣となったが、大宰権帥《ごんのそち》に左遷《させん》された。

*大宰府—古代に九州地方の行政のために置かれた役所。

怨念を鎮めるために、僧や修験者《しゅげんじゃ》によって加持祈禱《かじきとう》がおこなわれ、それは、本来、国家の安泰を祈るはずの行為であったが、やがて貴族たちの私邸《してい》で個人的な利益のためにおこなわれるようにもなった。古代の人々は、因果関係のはっきりしない災《わざわ》いを物の怪のしわざと考え、恐れていたのである。それは病や出産にも及び、この歌のような夫婦間の怨みも物の怪の一因となる。物の怪にとりつかれたら、僧を頼み、お経を読んで祈禱《きとう》によって物の怪を退散させる。その時、憑坐《よりまし》と呼ばれる役目の若い女性をそばに待機させ、物の怪を乗り移らせて当人から引き離し、回復を図《はか》るわざがおこなわれていた。

物の怪は文学作品にも描かれ、『源氏物語』の六条御息所《みやすどころ》は、生霊にも死霊にもなり続けなければならなかった女性として有名である。

この歌では、実態のわからぬ物の怪の正体が、絵という手段ではっきり見せつけるように描き出されている。実は、それこそ「おのが心の鬼」、自分の疑い迷う心が映し出しているかたちなのだという。紫式部は、当時の人々に信じられていた物の怪を、いたずらに恐れているのではない。物の怪を生み出してしまう人の心に焦点を定め、まっすぐにみつめている。当時の人々には、衝撃的《しょうげきてき》な歌と受けとめられたのではないだろうか。

＊修験者―仏教の一派で日本の山岳信仰にもとづく修験《しゅげん》道《どう》の修行をした者。山伏。

＊加持祈禱―真言密教で、病魔や災を退参させるために仏の加護を期待して祈ること。

＊六条御息所―源氏物語に登場する女性。光源氏と恋愛関係にある一人。光源氏の正妻葵上にとりつき、死後も光源氏の邸六条院に現れる。

続く返歌*がある。

ことわりや君が心の闇なれば鬼の影とはしるく見ゆらむ

もっともなことですよ。自分の心が闇のようであるので、鬼の影とはっきり見えるのでしょう、という返歌。これが誰の歌かは、明らかにされていない。侍女、友人、あるいは宣孝かとさまざまに推測されてきたが、宣孝亡きあとの和歌の続くなかにあることからすれば、宣孝とみるのは無理があろう。

この返歌では、贈歌の「心の鬼」は、「心の闇」「鬼の影」と詠みかえられている。「君が心の闇」を紫式部の心の闇《やみ》とする説、また、絵の男のとする説もある。紫式部の心の暗い闇とみる立場は、夫の死後という事情に加え、『紫式部集』の後半にある我が身と心を詠む歌を見据えて、あとからの推測も働かせていよう。しかし、この贈答歌では「おのが心の鬼」を受けて「君が心の闇」が詠まれ、ふたつの表現が呼応《こおう》するように向き合っている。ここでは、まず男の心であり、そこから人の心のありようが「闇」と表される。物の怪ですべて片付けてしまうことの虚《きょ》をつき、冷静に人の心をみつめる紫式部がいる。

＊返歌―紫式部集・四五。詞書は「返し」。

19

見し人の煙《けぶり》となりし夕べより名ぞむつましき塩釜《しほがま》の浦

【出典】紫式部集・四八、新古今集・哀傷歌・八二〇

あの人が荼毘《だび》にふされて煙となった夕べから、その名に親しみをおぼえる塩釜の浦です。

夫を見送っての心情を、紫式部は塩を焼く煙によそえる。世のはかないことを嘆く頃、＊陸奥《みちのく》にある数々の名所を描いた絵を見て、そのなかの塩釜の浦を詠んだ歌である。「世」は男女の仲《なか》を表すことばで、詞書の「世のはかなきこと」は夫婦の仲がはかないことを表すが、それは人の世の無常《むじょう》でもある。「塩釜《しほがま》の浦」は陸奥《みちのく》の国の名所、和歌でおなじみの地名である。その名のとおり、塩を焼く煙の連想から、火葬《かそう》の煙が連想されている。

【詞書】世のはかなきことを嘆くころ、陸奥《みちのく》に名あるところどころ書いたるを見て、塩釜。

（この世のはかないことを嘆く頃、陸奥の有名な所々を描いてある絵を見て、そのうちの塩釜）。

○新古今集詞書「世のはか

「見し人」は、かつて親しくあった人のこと。紫式部の身近で荼毘《だび》に付された人といえば、先だった夫の宣孝《のぶたか》に思い当たろう。当時の貴族たちの葬送は火葬である。京には、鳥辺野《とりべの》や化野《あだしの》、蓮台野《れんだいの》などの葬送の地があった。この歌では、夫の葬送をしてからというもの、浜辺の塩を焼く煙に夫を荼毘《だび》に付した煙が思い合わせられて、塩を焼く煙の立ちのぼる「塩釜《しほがま》の浦」の名に親しみをおぼえるという。

夫の宣孝が亡くなったのは、前にふれたとおり、長保《ちょうほう》三年（一〇〇一）四月二十五日。この歌が詠まれたのも、それから間もない頃と考えられよう。これは人の死をあからさまに嘆く歌ではないが、絵に描かれた名所《めいしょ》の地名を介して、人の死を悼《いた》む心が浮かび上がってくる。夫を見送り、その喪失感からいまだ解き放たれない紫式部は、絵のなかの名所に自身の心を托《たく》す。

おそらく、紫式部が塩釜の浦を実際に見たわけではあるまい。大事なのは、ことばの呼び起こす連想である。見知らぬ地名さえ、いまの紫式部にはただの塩焼《しおや》きの様子ではあり得ず、煙となって天に召《め》された大切な人と重なってしまう。遠い陸奥《みちのく》の地名にまで親近感を抱くところに、慰めやらぬ紫式部の心がうかがえよう。

なきことを嘆く頃、陸奥に名あるところどころ描きたる絵を見侍りてよめる」、第二句「煙になりし」。

【語釈】○煙《けぶり》となりし―火葬の煙となったこと。荼毘に付されたことを表す。○塩釜の浦―現在の宮城県。松島湾の南西。陸奥の歌枕。

＊陸奥―陸奥は「みちの奥」のつづまった言い方で、東北地方の磐城《いわき》、岩代《いわしろ》、陸前、陸中、陸奥《むつ》の古称。

20

消えぬ間《ま》の身をも知る知る朝顔《あさがほ》の露とあらそふ世を嘆くかな

【出典】紫式部集・五二、玉葉集・雑歌四・二三九一

露の消えぬ間のようにはかない身をも知りながら、朝顔の上に置く露とはかなさを競ういまの世を嘆くことですよ。

我が身ははかなく、この世もはかない。紫式部の嘆きははかりしれない。*詞書には、世の中が騒がしい頃、朝顔を人のもとへ贈るといって、とある。世の中の騒がしい頃とは、疫病《えきびよう》の流行した長保《ちようほう》三年（一〇〇一）をさしていよう。諸記録によると、その前年の冬から疫病が大流行し多くの死者が出ており、路上にもおびただしい死者がみられたらしい。紫式部と同時代の歌人である*和泉式部《いずみしきぶ》の家集にも、詞書に「世の中さわがしうなりて、人の片はしよ

【詞書】世の中のさわがしきころ、朝顔を人のもとへやるとて。
（世の中が騒がしい頃、朝顔を同じ人の所にさし上げるといって）。

【語釈】○消ゆ―「露」の縁語。

＊詞書―玉葉集の詞書では

り亡くなるころ、人に」とある。人が片端《かたはし》から亡くなるという表現に、そのすさまじさがうかがえる。京の人々は、大きな不安と恐怖におののいて騒然《そうぜん》としていたにちがいない。紫式部の夫宣孝《のぶたか》の直接の死因は不明ながら、同じ年の四月となれば、やはりこの流行病と無縁ではあり得まい。

朝顔は早朝にぱっと開き、ほどなくしぼむ。つかの間の美しさは、はかなさと表裏一体である。その朝顔に置く露は、いっそうはかない。露ははかなく消えやすいものの象徴である。朝顔の上の露は、日がのぼればあっという間に消えてしまう。朝顔の上の露という取り合わせは、はかなさの極《きわ》みといってよい。その露と競《きそ》うほどはかないのが、人の世である、という。

この歌を贈った相手が誰か、この一首だけで確定するのは難しい。『紫式部集』の別の伝本*（古本系　陽明文庫本）には、この前にもう一首の歌があり、そこに「ある人のもとへ贈った」とあり、続いてこの歌の詞書*には同じ人へ贈ったという。「たてまつる」という身分の高い人にさしあげる時のへりくだることば遣いで表される人は、朝顔の露にこめた思いを理解できる高《こう》貴《き》な誰かであろうか。紫式部の心は、夫の死から、人の世そのもののはかなさに向かっていく。

「世の中常ならず侍りける頃、朝顔の花を人のもとに遣はすとて」。

*和泉式部の家集―和泉式部続集・四六一。和泉式部は紫式部と同時代の平安時代中期の歌人。

*別の伝本―古本系本文では、この和歌の前に「八重山吹を折りて、ある所にたてまつれたるに、一重《ひとへ》の花の散り残れるをおこせたまへりけるに／をりからをひとへにめづる花の色は薄きを見つつ薄きとも見ず」という歌がある。

*この歌の詞書―こちらの詞書には「世の中のさわがしきころ、朝顔を同じところにたてまつるとて」とある。

21

若竹の生《お》ひゆくすゑを祈るかなこの世を憂《う》しといとふものから

【出典】紫式部集・五三

若竹のような幼い我が子の成長してゆく将来の無事を祈ることですよ。この世をつらいものと離れたくと思っていますのに。

娘の生《お》い先が無事であるようにと、母は祈《いの》る。夫亡きあとの紫式部の心にさす一条の光は、幼い我が子の将来である。詞書にいう、「世を常なしなど思ふ」人は、紫式部自身のこと。前にみた歌（17）の詞書でも、自分自身を「去年の夏より薄鈍《うすにび》なる人」と呼んでいた。幼い人は娘であろう。幼い娘が病気の頃、から竹を花瓶《かびん》にさしている侍女たちが祈っていた。それを見て、母紫式部の詠んだ歌と思われる。から竹は中国から渡来《とらい》した竹で、それを長

【詞書】世を常なしなど思ふ人の、幼き人のなやみけるに、から竹といふもの瓶《かめ》にさしたる、女ばらの祈りけるをみて。

（世を無常などと思う人が、幼い人が病気になったので、唐竹というものを瓶に挿している女たち

がよくなるように祈って
いたのを見て）。

寿の亀《かめ》に通じる瓶《かめ》にさすのは、健《すこ》やかであるように祈るおまじないである。心和《なご》む光景に、紫式部も我が子のしあわせな行く末を祈る。

歌の「若竹」が娘の賢子《けんし》。「憂《う》し」はつらいという意で、「世の憂さ」はいやだと思う漠然《ばくぜん》とした心情を表す。逆接《ぎゃくせつ》の表現「ものから」を用いて、世を厭《いと》うけれども娘の将来は祈る、という。「祈るかな」という詠嘆の気持が先に強調され、その事情は、この世を辛《つら》いと厭うけれども、とあとから説明される。世を厭う思いに勝《まさ》るのは、わが子の行く末を祈る気持なのであった。

紫式部が結婚した正確な時期はわからないが、前にみたように、父とともに越前《えちぜん》へ行った翌年の長徳《ちょうとく》三年（九九七）頃と推測される宣孝との贈答歌がある。帰京後に結婚したであろうから、長保《ちょうほう》三年（一〇〇一）に宣孝が亡くなったのであれば、親子ほど年の離れた夫との結婚生活はわずか五年にも満たない。しかし、その短い結婚生活の間に、紫式部は一人娘を授《さず》かった。大弐三位《だいにのさんみ》と呼ばれる賢子である。かけがえのないわが子の無事を祈る母の思いは、今も昔も変わらない。未来に繋がる生命への期待は、残された紫式部にとって大きな心の支えであったろう。夫に先立たれた喪失《そうしつ》感のなかにあっても、育ちゆく娘を見守り、よろこびを見出《みいだ》す母の思いは深い。

22

数《かず》ならぬ心に身をばまかせねど身にしたがふは心なりけり

【出典】紫式部集・五四、千載集・雑歌中・一〇九六

ものの数にも入らない我が心にこの身がゆだねられるものではないけれど、ままならぬ身にしたがうのは心の方であったのですね。

【詞書】身を思はずなりと嘆くことの、やうやうなのめに、ひたぶるのさまなるを思ひける。

（我が身を思い通りにならないと嘆くことが、次第に当たり前になり、ひたすら嘆くばかりの状態であるのを思って詠んだ

我が心と我が身、先に立つのはどちらなのだろうか。これは、「心」と「身」のままならぬ関係をみつめる歌である。身は身体のみならず、身の上にも通じていよう。詞書には、我が身を思いどおりにならないと嘆くことが次第にあたりまえになり、一途《いちず》になっていることを思った、と説明される。

この歌は、自分の心を「数《かず》ならぬ心」、すなわちものの数にも入らぬ心と控《ひか》えめに謙遜《けんそん》する。当時のことばとしては「数ならぬ身」の方が自然で、

『源氏物語』にも用例がみられるのに、この歌ではそれをあえて「心」と置きかえる。自分の思いどおりに、我が身の上は立ちゆかない。ここに詠まれる身の上とは、夫との死別なのか、あるいは時の権力者からの宮仕《みやづか》えの要請も含まれるのだろうか。心に身をまかせるものとばかり思っていたのに、身の上にいつしか心の方がしたがっていることを発見した驚き。不甲斐《ふがい》ない心の思いがけない事実に気づき、自分自身はっとする気持が、「心なりけり」という詠嘆の表現で表される。

のちの『千載《せんざい》集』雑歌中では、この歌が「題知らず」のなかに収められ、初句《しょく》が「数ならで」とある。そうするとものの数に入らないのでという意になり、とるにたりない心と身という対比的なあり方は薄らいでしまう。一見似ているようでありながら、わずか一文字の違いで一首の表すものはずいぶん変わってくる。そうした後世《こうせい》の歌が、謙遜して心をとらえ、身と対比させるこの『紫式部集』の歌をより印象づける。

この一首から、『紫式部集』には、わが身と心をみつめる歌がならべられていく。

歌)。

【語釈】○数ならぬ心―ものの数にも入らぬ私の心。

23

心だにいかなる身にかかなふらむ思ひ知れども思ひ知られず

【出典】紫式部集・五五、続古今集・恋歌五・一三六五

せめてつまらぬ心くらいは身に見合っていてもよさそうなのに、そういうものでもなくて、どのような身にならば見合うのでしょう。ままならないことと思い知ってはいても、なかなか思い知ることができないのです。

【語釈】○心だに―せめて心くらいは。「だに」程度の軽いことをあらわす助詞。

「心だに」という語感がきらりと光る。前の歌(22)の「数ならぬ心」を受けて、こちらでは「だに」を添える。とるにたりない心、そしてせめて心ばかりは……という謙虚《けんきょ》な言い方をしながら、紫式部はわが心をもて余《あま》しているようである。

自己の身と心は、思うように釣《つ》り合ってはくれない。あえて「数ならぬ心」と詠んだ前の歌にひき続き、この一首では「心」が中心に据《す》えられる。

おとなしくはおさまらぬ我が心のありようが、さらに深く鋭くみつめられる。歌の前半は、どのような身であれば心に見合うのだろうという思い。先の歌に、ものの数にも入らない心とあったけれども、実のところ、そんなにたやすくおさまる心ではあり得ない。歌の後半の「思い知れども思い知られず」は、わかってはいても納得《なっとく》などできないという心境。身に心が従っている現実に気づいたはずだけれども、心の方はそれでいいとあきらめてくれるわけではなかった。たとえ、それでなりゆきまかせにしようとしても、ままならぬ身に合わせて妥協《だきょう》するような心ではなかったのである。

この和歌には詞書がない。それだけに前の和歌との連続性が強く、二首でひとまとまりをなす。先の歌は、身と心のあり方を発見した驚きであった。続いてここに詠まれているのは、ままならない我が身の上に従う心への嘆きなどではなく、誇《ほこ》り高くある我が心への自負《じふ》であろう。

紫式部の歌は、冷静に自己をみつめ内省《ないせい》的と言われることも多い。しかし、悲嘆《ひたん》にくれる女性の心情ばかりが詠まれているわけではない。この歌からうかがえるのは、現実の我が身のあり方に妥協などして終わらぬ、我が心の発見である。

24

身の憂《う》さは心のうちに慕《した》ひきていま九重《ここのへ》ぞ思ひ乱るる

【出典】紫式部集・五六

我が身をいやだと厭《いと》わしく思う気持は心の中につきまとって、いまこの宮中で、「九重《ここのえ》」の名そのままに幾重《いくえ》にも思い乱れております。

身と心の関わりにこだわりながら、紫式部は思い乱れる。「身」と「心」を詠む歌の三首目は、紫式部が初めて宮仕えに上がった時の詠歌《えいか》と考えられている。詞書には、初めて内裏《だいり》を見るにつけても「もののあはれ」すなわちしみじみと感慨《かんがい》深く思われて、とある。

「身の憂《う》さ」は、我が身を自分自身でうとましく感じること。我が身の厭《いと》わしさが、自分の心の中にずっとつきまとってくる、という。「九重《ここのえ》」には

【詞書】はじめて内裏《うち》わたりをみるにも、もののあはれなれば。
（初めて宮中のあたりをみるにつけても、しみじみとあわれに感じられて）。

【語釈】○憂し―つらい、情けないという意。

宮中と、幾重《いくえ》にもの意が掛かる。

心の内の晴れやらぬ悶々《もんもん》とした思いと、晴れやかな宮中の狭間《はざま》にあって、紫式部の胸中《きょうちゅう》は思い乱れるのである。しかし、それは宮仕えがつらいからとは限らない。内裏という場に来て初めて目《ま》の当たりにするその晴れやかな光景のなかで、なお心から離れ得ぬ我が身の厭《いと》わしさが自覚されていよう。

紫式部は、一条天皇の后《きさき》となった彰子中宮《しょうしちゅうぐう》に仕える女房である。彰子は、時の権力者であった藤原道長《みちなが》の娘。紫式部の才覚は父道長に一目《いちもく》置かれていた。紫式部が初めて宮仕えに出た時期を知る確かな手がかりは見出せないが、『紫式部日記』*の記述や周辺の諸資料から、おおむねの推測が試みられている。『紫式部日記』寛弘《かんこう》五年（一〇〇八）師走《しわす》の二十九日の記述に「はじめてまゐりしも今宵《こよひ》のことぞかし」とあり、初めて宮仕えに出たのも今夜のことであったというのだから、その日付は十二月二十九日と考えられる。では、それはいつの年であろうか。日記の同年十一月の賀茂*《かも》の臨時祭《りんじのまつり》の記述からは去年も同じ祭を見ていたと考えられ、寛弘四年以前のこの日であるのは、まず間違いない。寛弘二年あるいは三年とする説が根強い。

華《はな》やかな宮廷で、紫式部は心につきまとう厭わしい思いに気づいている。

＊紫式部日記―平安時代中期の日記。紫式部の宮仕え生活を中心とする。

＊賀茂の臨時祭―陰暦十一月下旬の酉《とり》の日におこなわれた賀茂神社の祭。紫式部日記に「兼時《かねとき》が、去年《こぞ》まではいとつきづきしげなりしを、……」とある。

25

閉ぢたりし岩間《いはま》の氷うち解《と》けば緒《を》絶《だ》えの水もかげ見えじやは

【出典】紫式部集・五七

凍りついていた岩間の氷が解けたならば、流れの絶えていた水も姿を見せないことがありましょうか。ひきこもっております私も宮中へまいりますよ。

【詞書】まだいと初々《うひうひ》しきさまにて、ふるさとに帰りてのち、ほのかに語らひける人に。

（まだたいそう初々しい様子で、実家に里帰りをしてのちに、わずかに語り合った人に）。

宮仕えに出て間もない頃、紫式部は里《さと》に帰ってきたらしい。まだ宮仕えになれてはいない状態で里に帰ったあと、わずかに語り合った人に贈った歌と詞書はいう。勝手のわからない宮中でほんの少しばかり仲よくなった人なのか、紫式部のもとへ宮中《きゆうちゆう》に戻るよう求めがあったようである。それに応えての歌である。

「緒《を》絶《だ》えの水」は、流れの滞《とどこお》っている水のこと。これが、里に引きこもる紫式部を表していよう。春になって氷が解ければ、途絶《とだ》えていた水の流れもふたたび流れ始める。新参者《しんざんもの》には馴れぬ宮中の雰囲気が、凍《い》てついた流れに重ねられる。この歌を贈った相手を男性とする説もあるが、続く返歌から考えてみても、これは恋愛の相手というより、ともに宮仕えをする同性の友と考えた方がよさそうである。

その返歌*は、あたたかくやさしい。

深山《みやま》べの花ふきまがふ谷風にむすびし水も解けざらめやは

山辺《やまべ》の花を吹き乱す谷風《たにかぜ》に、凍てついた氷も解けないことがありましょうか。人の春風のようなあたたかさに、頑《かたく》なにひきこもるあなたもうち解けることでしょう、と応じている。谷風は春風。『古今集』*の歌にみえ、漢詩*に由来することばである。春風のあたたかさは、彰子中宮の後宮《こうきゅう》の人々のあたたかさに通じていよう。あたたかな環境は整っているのだから、早く帰っていらっしゃい、と紫式部を促《うなが》している。ついつい、引きこもる紫式部に目が向きがちだけれども、これらの二首の和歌から伝わってくるのは、自分を迎えてくれた人のあたたかさと、そうした彰子周辺の人々に対して抱かれる紫式部の深い愛情に他ならない。

【語釈】○岩間―石と石の間。○かげ見えじやは―「やは」は反語。姿を見せないことがありましょうか、いえありませんの意。

*返歌―紫式部集・五八。詞書「返し」。

*古今集―古今集・春上・十二「谷風にとくる氷のひまごとにうちいづる浪や春のはつ花」。古今集は最初の勅撰和歌集。

*漢詩―『詩経』「邶風」に「習習タル谷風　以テ陰リ以テ雨フラス」とあり、その注釈に「東風之ヲ谷風ト謂《い》フ」。

26

み吉野は春のけしきに霞めども結《むす》ぼほれたる雪の下草《したくさ》

【出典】紫式部集・五九、後拾遺集・春上・一〇

吉野は春めいた景色で霞みがかかっておりますのに、こちらはまだ凍りついたままの雪の下草です。

【詞書】正月《むつき》十日のほどに、春の歌たてまつれとありければ、まだいでたちもせぬかくれがにて。

（正月十日の頃に、春の歌を詠んで献上するようにと言われたので、まだ出仕もしないで引き籠もっている隠れ家で）。

霞のかかる春らしい景色《けしき》と、凍《い》てついたままの雪の下草。迎えた新春の対比的な取り合わせが、彰子《しょうし》中宮のもとに出仕《しゅっし》できないでいる紫式部を照らし出している。詞書に、正月十日頃、「（宮中から）和歌を詠んで献上するように」という仰《おお》せがあったので、まだ出仕しかねている里で、とある。晴れやかな新春を迎えているというのに、宮中からの求めに応じるこの歌では、自分のいる里の住まいをわざわざ「かくれが」と表している。

「結《むす》ぼほれたる」はほどけない糸や気の晴れない状態を表すことばだが、ここではいまだ凍ったままの下草として詠みこむ。それが、里に居《い》続ける自分のことになる。宮中に戻らぬ自分を詠む歌のならびにこの歌があり、紫式部には宮中からたびたび音信《おんしん》があったらしいことがうかがえる。

この歌は、*『後拾遺集《ごしゅうい》』にも入っている。そちらの詞書では、一条院（天皇）の御代《みよ》に、宮中に昇殿《しょうでん》を許されている人が「春の歌を」と請《こ》われましたので詠みました、とある。春の歌を求められたのは、歌合《うたあわせ》のためであろうか。宮中では、新春を寿《ことほ》ぐ晴れやかな催しが予定されていたのかもしれない。それなら、もっと春らしいうきうきとした気持を詠んでもよかったはずなのに、この歌では、すでに春の訪れた宮中と、いまだ冬の状態のままであり続ける我が身との対比に中心が置かれている。

宮中からこのような和歌を求められたのは、いつまでも戻らない紫式部に早く上がるよう催促《さいそく》する意図があってのことと思われる。しかし、紫式部は、年が明けてもなんらかの事情で里に居続けている。晴れやかな宮中を厭《いと》うからなのか、あるいは他の理由があったのだろうか。事情が明らかにされないだけに、想像がかきたてられよう。

【語釈】○み吉野―大和の国の「吉野」に、美称の「み」がついたことば。家集にある前の歌の「深山べ」を受けて、ここでは宮中を表す。○雪の下草―雪の下に生えている草。

＊後拾遺集―後拾遺集・春上・一〇の詞書に「一条院御時、殿上人《てんじょうびと》春の歌とてこひ侍りければよめる」。後拾遺集は四番目の勅撰和歌集。

27

憂《う》きことを思ひ乱れて青柳《あをやぎ》のいと久しくもなりにけるかな（宮の弁）

【出典】紫式部集・六〇

いやな厭《いと》わしいことを思い悩んで心乱れていらっしゃるのでしょうか。春の青柳の葉がすっかり長く伸びてしまって、里下がりもすっかり長くなられたことですね。

【詞書】弥生《やよひ》ばかりに、宮の弁のおもと、「いつかまゐりたまふ」など書きて。

（弥生のころに、宮の弁のおもとが、「いつになったら出仕なさるのですか」などと書いて）。

【語釈】○いと―青柳の糸とた

青柳《あおやぎ》が春らしい若緑に輝いているというのに、紫式部はまだ宮中に戻らない。その紫式部に中宮のもとで一緒につとめる友だちから、歌が届いた。詞書には、三月の頃に、宮仕え仲間の「宮の弁のおもと」という女性から手紙がきて、「いつになったらこちらにいらっしゃるのですか」と書かれていて、とある。

「宮の弁のおもと」と呼ばれるのは、中宮づきの女房。『紫式部日記』に登場する弁の内侍《ないし》と呼ばれる女性か、あるいは『紫式部集』の終わり近くの歌（家集106番）に出てくる「弁の宰相《さいしょう》の君」という女性であろうか。

歌の初句《しょく》「憂《う》きこと」とは、何をさしているのであろうか。「身の憂《う》さ」「世の憂《う》さ」などと言わず、「憂きこと」と表す具体的《ぐたいてき》な内容は、男性との仲、あるいは宮仕えのこと、などと推定されている。宮仕え以前と思われる歌（21）にあった「この世を憂《う》しといとふ」、初めて宮仕えに出た時の歌（24）の「身の憂《う》さ」にも通じ、夫宣孝《のぶたか》の死あたりからみられる心情である。弁のおもとは、そういう紫式部の胸中を思いやる。「青柳」は「糸」に掛かり、冴《さ》え冴《ざ》えしい若緑の葉を長く揺らす美しい春の景物《けいぶつ》。成長した葉の長さに、紫式部の里居《さとい》の長さが重ねられる。

紫式部の返歌*にも、青柳が詠み込まれる。

つれづれとながめふる日は青柳のいとど浮き世に乱れてぞふる

なんということもなく春の長雨《ながあめ》にふりこめられ物思いにふけっている日は、ますます思い乱れて暮らしております、という。返歌でも「青柳」が「糸」にかかり、「ながめ」には春の長雨と物思いの「ながめ」が掛かる。春の終わりを迎えて、紫式部はますます思い悩む。

いそうの意の副詞「いと」が掛かる。

*返歌─紫式部集・六一。

28

わりなしや人こそ人といはざらめみづから身をや思ひすつべき

【出典】紫式部集・六二、続古今集・雑歌中・一六九九

わけのわからないことですよ。人様《ひとさま》こそ私を人なみと言わないのでしょうけれども、自ら我が身を思い捨てることなどできましょうか。

【詞書】かばかり思ひ憂《う》じぬべき身を、いといたうも上衆《じやうず》めくかなといひける人を聞きて。

（これほど物思いをしていとわしくなってしまいそうな身を、たいそうひどく上品ぶっていることですね、と人が言ったと聞

自分を自分で見捨《みす》てることなどできない、と紫式部はいう。詞書によれば、これほどいやになってしまいそうな身を、「ほんとうにひどく上品ぶっていること」と言っていた人があると聞いての歌である。これほどと表される内容は何であろうか。『紫式部集』を順に読んでくると、それは前の贈答歌で思い乱れていた我が身を受けているように感じられる。

詞書の「上衆《じやうず》めく」は、身分の高い女房のようにふるまうこと。紫式部

に対して陰口《かげぐち》をきく人がいたのである。夫亡きあと、宮仕えに上がった紫式部は、誰にでも好意的に迎えられたというわけではなかったらしい。女房たちの集《つど》う宮仕えの場に、さまざまな感情が渦巻いていたのは、想像に難《かた》くない。好意を寄せてくれる人もいれば、嫉妬《しっと》を抱く人もいたであろう。『紫式部日記』によれば、紫式部は漢詩文《かんしぶん》にも通じた才女《さいじょ》であり、それゆえ、「日《に》本紀《ほんぎ》の御局《みつぼね》」などとあだ名をつけられていた。だから、最も簡単な漢字である「一」という漢字すら書かない、という徹底ぶりである。

しかし、周囲の中傷《ちゅうしょう》に、紫式部は傷ついて弱気になどなってはいない。歌の前半に感じられるのは、人様はどうであれ、私は私を大切に生きるのです、という誇り高い姿勢である。

紫式部は、宮仕えに戻るようにとの催促《さいそく》にも応じず、春になっても里に引きこもっていた。そのあとには、我が身を大切に貫《つらぬ》こうとする一首がある。我が身を厭《いと》わしく感じていた女性は、他人の中傷を人づてに聞いたことをきっかけに、かえって自分の奥深くある誇りに気づき、前向きな心を強く抱《いだ》くのである。

このあと、『紫式部集』は、宮中の行事を詠んだ歌になる。

いて）。

なお「思ひ屈《くん》じぬ」とする本文（古本系）もある。

○続古今集詞書「述懐の心を」。

【語釈】○わりなし―わけのわからないこと。道理に合わないことをいう。

29

しのびつる根ぞあらはるるあやめ草いはぬに朽《く》ちてやみぬべければ

【出典】紫式部集・六三

隠れていた深い根が現れる菖蒲《あやめ》のように、我慢をしていた本音が出てしまいました。このまま言わずにいると根が朽ちてしまうように、あなたも里で引きこもって終わってしまいそうですので。

【詞書】薬玉《くすだま》おこすとて。（薬玉を贈るといって）。

【語釈】○しのびつる根—水底に隠れている根。

五月五日の節句《せっく》に寄せて、紫式部のもとに薬玉《くすだま》が届けられた。薬玉とは、香草などを玉の形に作って菖蒲や蓬《よもぎ》に結び、五色の糸で彩《いろど》ったものらしい。邪気《じゃき》を払うおまじないの飾りである。贈り主の名は明かされないが、後宮で一緒につとめる誰かであろうか。節句に菖蒲の根を引き抜くことによそえて、里居《さとい》が長引いてなかなか宮中に戻らない紫式部を気遣《づか》っている。それだけの配慮の向こうには、もちろん主人である彰子中宮の心遣いが透《す》かし見える。

「根」と「音《ね》」、「言わぬ」に「岩沼」が掛けられ、引き抜かないで水の奥底にあるままだと根が朽ちるように、黙っているとあなたも里で朽ちてしまいそうだから、と里に居《い》続ける紫式部を救い出そうとする歌に、紫式部も応《こた》えて詠む。

　＊今日はかく引きけるものをあやめ草わがみがくれに濡《ぬ》れわたりつる

今日はこんなふうに菖蒲の根を引き抜くように私をお誘いくださいましたのに、我が身は水底《みなそこ》に隠れて感涙《かんるい》に泣き濡れております、という。返歌では、菖蒲の根を引くことに自身を里から引き出す意を掛ける。また「身がくれ」と「水がくれ」が掛かり、水底に根の隠れる菖蒲のように我が身は隠れて、となる。宮中に戻ることを促す贈歌への、感謝の気持がこめられていよう。

いま本書で採用している『紫式部集』の伝本では、このあと寛弘五年の五月五日に彰子の父藤原道長《みちなが》の邸でおこなわれた、＊法華経《ほけきょう》を三十講座に分けて講《こう》じる「法華三十講《ほっけさんじっこう》」の歌になる。これは、出産を控《ひか》えた彰子中宮のための仏教行事である。紫式部は、寛弘《かんこう》五年五月五日に彰子のもとへ戻ったのであろうか。『紫式部集』は、この贈答歌を契機《けいき》に、ふたたび宮仕え生活に復帰したと受けとれるような歌のならび方になっている。

＊今日はかく……―紫式部集・六四。

＊法華経―天台宗が教義の拠りどころとした大乗仏教の重要な経典《きょうてん》。平安時代の貴族たちに信仰された。

30

たへなりや今日は五月《さつき》の五日とて五つの巻《まき》のあへる御法《みのり》も

【出典】紫式部集・六五

すばらしいことですよ。今日は五月五日ということで、五月の五日と五の重なる日に法華経五の巻の日がちょうど当たる法会であるとは。

【詞書】土御門殿《つちみかどどの》にて、三十講の五巻、五月五日にあたれりしに。

（土御門殿で、法華三十講の第五巻を読む日が、ちょうど五月五日に当たったので）。

【語釈】○御法《みのり》―仏法のこと。

五月五日の節句に、折しも法華経《ほけきよう》の五巻目を講じる日が当たった。なんてすばらしいこと、と紫式部は感嘆《かんたん》する。五月五日は、前の歌から続く日付。これまでの里に引きこもる紫式部をめぐる歌から、仏教行事の日の歌になる。主人の彰子が出産のため父藤原道長の土御門《つちみかど》邸にいた五月五日に、紫式部も仕《つか》えていたらしい。詞書には、土御門邸で法華三十講《＊ほつけさんじつこう》と呼ばれる行事で法華経の五巻目を講じる日が五月五日に当たったので、とある。法華経の五巻は女性の成仏《じょうぶつ》を説く経典《きょうてん》で、当時の女性たちにとりわけ信仰されていた。その五巻を五月五日に講じる今日は、五が三つも重なるという偶然。それをすばらしいと誉《ほ》め讃《たた》える気持をこめて、「たへなりや」と詠みだしている。

記録によれば、寛弘《かんこう》五年（一〇〇八）四月二十三日に彰子の父道長の邸《やしき》で三十講が始まり、盛大にとりおこなわれた。『*栄花《えいが》物語』「はつはな」には、五月五日に彰子《しょうし》も堂にいた様子が描かれている。こうした仏教行事は、本来、国家の安泰を祈願《きがん》するものであるが、次第に個人的な利益をもとめての祈願にかわり、有力貴族たちの私邸でもおこなわれるようになっていく。道長がこの時期に自邸でこうした盛大な仏教行事を催したのは、一条天皇の后となり懐妊《かいにん》している娘の彰子が、無事に皇子《おうじ》を出産するように祈るためである。天皇の子を授《さず》かり、それが皇子であるならば、将来、皇太子から天皇の地位につくことが期待できる。その慶事《けいじ》は、道長自身はもちろん家の繁栄に繋がる。

この歌から、法華三十講にちなむ歌がならぶ。別の伝本《でんぽん》では、一連の和歌が「*日記歌」として巻末に載せられており、現在に伝わる『紫式部日記』のほかに、失われた部分があったのではないかという推定も導かれてくる。

*法華三十講—法華経《ほけきょう》八巻（二十八品《ぼん》）の前と後に無量義経《むりょうぎきょう》一巻と観音賢経一巻を加え、それを三十講座に分けて毎日講じるもの。

*栄花物語—平安時代の歴史物語。仮名による編年体で記す。

*日記歌—この日記歌と呼ばれる歌群は古本系本文のみにある。

31

篝火《かがりび》のかげもさわがぬ池水に幾千代《いくちよ》すまむ法《のり》の光ぞ

【出典】紫式部集・六六

水面に映る篝火の光も揺らぐことのないこの池の水に、この先幾千年にわたり澄んで輝く仏のお燈明の光でしょう。

【詞書】その夜、池の篝火に、御燈明《みあかし》の光あひて、昼よりも底までさやかなるに、菖蒲の香いまめかしう匂ひくれば。

（その夜、池の篝火に、御燈明の光が光りあって、昼よりも水底まで明るくはっきり見えるところに、

法華三十講《ほっけさんじっこう》の同じ五月五日の夜。土御門《つちみかど》邸に光り耀く、庭の篝火《かがりび》と御仏《みほとけ》に供えるお燈明《とうみょう》。ふたつの光が、土御門邸の幾久《いくひさ》しい繁栄を照らして耀く。

詞書によれば、夜になって庭の篝火を焚《た》くとその光が池に映り、昼間よりも明るいくらいに池の底までくっきりと照らし出され、そこに菖蒲《あやめ》の香がかぐわしく漂ってきたという。水面は波立つこともなく澄《す》み渡り、折しも季節の香が漂う。視覚にも嗅覚《きゅうかく》にも訴えかけて、神々《こうごう》しささえ感じられる土御門邸の光景

は、末永く繁栄し続けるであろうこの邸とその一族の将来を寿《ことほ》ぐようである。

前にふれた「日記歌」の詞書*では、昼よりも明るいとあるのに続き、物思いがもっと少なかったら風情のありそうな折ですよ、とほんのわずか自身に思いをめぐらすにつけてもまず涙がこぼれてくる、とある。しかし、いまここで採用している『紫式部集』では、我が身の個人的な心情ではなく、晴れやかな道長家のめでたい光景が詠まれている。

この歌には、ある女房の返歌*がある。

澄める池の底まで照らす篝火のまばゆきまでも憂《う》き我が身かな

澄んだ池の底まで照らす篝火が、まばゆいばかりに感じられる情けない我が身なのです、という。詞書に、私は公《おおやけ》の家の行事に我が身の厭《いと》わしさを隠して詠んだのだけれども、向かいにいらっしゃる方はそんな物思いなどなさりそうもないお顔立ちのお姿、お歳のほどなのに、心深そうに思い乱れて、とある、その人からの返歌では、澄み切った篝火の光から、我が身の厭わしさが詠まれている。別の本文末尾の「日記歌」によれば、これは大納言《だいなごん》の君*の歌。この贈答歌をとおして、主人の家の光り合うすばらしさから、我が身を嘆くひとりの心へと焦点《しょうてん》が移っていく。

菖蒲の香がはなやかに匂ってくるので)。

【語釈】○幾千代―どれほど長くの意。○法の光―仏法の光。

*詞書―「日記歌」詞書「思ふこと少なくは、をかしうもありぬべきをりかなと、かたはしうち思ひめぐらすにも、まづぞ涙ぐまれける」。

*返歌―紫式部集・六七。詞書には「公ごとに言ひまぎらはすを、向かひたまへる人は、さしも思ふことものしたまふまじきかたち、ありさま、齢《よはひ》のほどを、いたう心深げに思ひ乱れて」とある。

*大納言の君―藤原道長の妻倫子の異母兄弟の娘。中宮づきの女房。

32

かげ見ても憂《う》き我が涙落ちそひてかごとがましき滝の音かな

【出典】紫式部集・六八、続後撰集・雑上・一〇一二、秋風和歌集・雑中・一一七〇

水に映る自分の姿を見ても情けなさに涙がこぼれ、それが水の流れに加わって、いっそううらみがましく聞こえて来る滝の音ですよ。

同じ日の夜明け方。紫式部は、親友の*小少将《こしょうしょう》の君とともに、邸内の小さな水の流れをながめている。その様子を、詞書がつぶさに伝えている。次第に夜が明けてゆく頃、紫式部は道長邸の寝殿《しんでん》と対《たい》の屋《や》を繋ぐ渡殿《わたどの》とよばれる所へきた。寝殿造《しんでんづく》りの建物には屋根のある渡り廊下があり、その両側を仕切って居室《きょしつ》として使用することも多く、それを局《つぼね》と呼ぶ。紫式部も局を自分の部屋としていたらしい。寝殿造りの邸には遣《や》り水と呼ばれる小さな川を作

【詞書】やうやう明けゆくほどに、渡殿にきて、局の下より出づる水を、高欄を押さへて、しばし見ゐたれば、空のけしき、春秋の霞にも霧にもおとらぬ頃ほひなり、小少将の隅の格子をうちたたきたれば、放ちておしおろしたまへり、もろともに

る。紫式部の局の下を流れるその小川を、手すりに手をかけてながめていると、時は陰暦の五月、夏の夜明けの空は春の霞や秋の霧にもおとらぬ風情《ふぜい》である。親しい小少将の君の局《つぼね》の格子《こうし》を叩くと、戸を開け放して、一緒に簀子《すのこ》の板敷きに降りてすわりながめていた、という。

水面《みなも》に映る姿を見ても、思われるのは我が身の嘆き。流れゆく末で下に落ちる水の音にまで、その心情が重ねられてしまう。我が身を厭《いと》わしく感じる気持はつきまとい、晴れやかな行事に仕えても、夏の夜明けの美しい空をみても、紫式部の心は慰められない。しかし、それを一緒にながめてくれる友がいる。その小少将の君から返歌*がきた。

ひとりゐて涙ぐみける水の面《おも》に浮きそはるらんかげやいづれぞ

ひとりすわって涙ぐんでいる水面に、さらに浮かんで加わる影は誰のでしょう。他《ほか》ならぬ私の影です、という。あなたおひとりではないのですよ、私だって我が身を嘆きながらながめておりますのよ、と紫式部の心に寄り添う。小少将の君は、前に述べた大納言の君と従姉妹で、『紫式部日記』にも登場する宮仕え時代の紫式部と最も親しい友。我が身の嘆きは振りはらえないけれども、それを共感《きょうかん》しあえる友がいる。ぽっと心があたたまる。

おりゐてながめゐたり。

（次第に夜が明けていくほどに、渡殿に来て、局の下から流れ出る水を、高欄に寄りかかりながら、しばし見入っていると、空の様子が、春秋の霞にもおとらず美しい頃である。小少将の君が隅の格子を叩いたので、格子を開け放して押しおろしなさった。一緒に降りて眺めて座っていた）。

【語釈】○かごとがましき―うらみごとを言っているように聞こえる意。「かごと」は18を参照。

*小少将の君―紫式部の仕えた彰子の母倫子の姪。源時《とき》通《みち》の娘と考えられている。

*返歌―紫式部集・六九。詞書「返し」。

33

なべて世の憂《う》きに泣かるるあやめ草今日《けふ》までかかる根はいかがみる

【出典】紫式部集・七〇、新古今集・夏歌・二二三

すべて世のつらさに泣かずにいられないのですが、五日をすぎて今日までかかっている菖蒲草の根のように、いつまでも泣く声を、どのようにご覧になるのでしょうか。

【詞書】あかうなれば入りぬ、長き根を包みて。（明るくなったので、部屋の中に入った。菖蒲の長い根を包んで）。

【語釈】○あやめ草―あやめ（菖蒲）には、ものの区別・分別の意の「文目《あやめ》」が掛か

我が身の嘆きが続く。詞書では、夜が明けて明るくなったので部屋に入った、菖蒲の長い根を包んで、という。紫式部は、小少将の君と一緒に渡殿《わたどの》の板敷《いたじ》きで五月五日の夜を明かし、翌六日の早朝に一日遅れの菖蒲の根を贈った。縁起物《えんぎもの》の菖蒲の根は長い方がよい。その長い「根」に、自身の泣く「音《ね》」が掛かる。「涅《うき》」「流るる」「斯《か》かる」も菖蒲の縁語《えんご》で、「憂《う》き」「泣かるる」「掛かる」がそれぞれ掛けられている。

その嘆きをまっすぐに受けとめて、歌*を返してくれる人がいた。それが、小少将の君である。

なにごととあやめはわかで今日もなほ袂《たもと》にあまる根こそ絶えせね

こちらも何事かとわけもわからないで、今日もやはり袂《たもと》で留《とど》めきれない泣く音《ね》は絶えることがないのです、という。贈歌の「あやめ」をそのまま受けて「あやめは分かぬ」と詠み、どうしてこんなに嘆かわしいのかわからない、と共感する。袂《たもと》などでは拭《ぬぐ》いきれず、とどまることを知らぬ涙。しかし、ここには、一夜をともにながめ明かし、我が身の嘆きを共有する二人がいる。

先の贈歌の作者を、小少将の君とする解釈がある。別の伝本では「日記歌」*のなかにこの歌があり、その詞書には小少将の君とある。また、後世の『新古今集』*夏歌にもとられており、そこでは、紫式部に贈った歌、上東門《じょうとうもん》院《いん》小少将とする。ただし、いま採用している『紫式部集』の本文は、作者名を明記しておらず、贈歌を紫式部の歌と解釈することも可能であろう。詠み手の特定はともあれ、この贈答から、我が身を嘆くつらさを感じながら、それをともに理解し合える親友同士の関係が、くっきりと浮かび上がってくる。

*歌―紫式部集・七一。詞書「返し」。

*日記歌―古本系本文の「日記歌」では、詞書に「五月五日、もろともに眺めあかして、あかうなれば入りぬ。いと長き根を包みてさし出でたまへり。小少将の君」とある。

*新古今集―新古今集の詞書には「局ならびに住み侍りける頃、五月六日、もろともにながめ明かして朝《あした》に長き根を包みて紫式部に遣はしける　上東門院小少将」とある。

34

女郎花《をみなへし》さかりの色をみるからに露のわきける身こそ知らるれ

【出典】紫式部集・七六、新古今集・雑歌上・一五六七

女郎花《おみなえし》の今を盛りに咲きにおう美しい色を見るにつけても、恵みの露が分け隔てをして萎《しぼ》んだような我が身が思い知られることです。

「女郎花《をみなへし》」は秋の七草《ななくさ》のひとつ。黄色の小花をつけてしなやかにたわむ姿は、女性に見立てられる。その女郎花と我が身が比べられる。詞書によれば、朝霧《あさぎり》の美しい時に、お庭の花なども色とりどりに咲き乱れている中に、女郎花《おみなえし》がとても美しい花盛りであるのを、殿《との》がご覧になり、一枝手折《たお》りなさって、几張の上から「これを、ただそのまま返すな」と言ってくださったのので詠んだ歌である。女郎花に喩《たと》えられるのは、中宮の彰子。時めく女郎花の

【詞書】朝霧のをかしきほどに、御前の花なども色々に乱れたる中に、をみなへしいとさかりなるを、殿ご覧じて、一枝折らせたまひて、几帳の上より、「これ、ただに返すな」とてたまはせたり。

（朝霧が風情のある頃に、

ような主人の中宮と、盛りの美しさにはほど遠い我が身。露ははかなさの象徴であるが、一方で、恵みの露＝恩恵《おんけい》という意味もある。露が分《わ》け隔《へだ》てをするというのであるから、ここでは花や葉にみずみずしさを与える恵みの露となる。この歌は、『*後撰《ごせん》集』秋中の歌にもとづくともいわれる。

『紫式部日記』には、これが道長との贈答歌として収められている。日記では、寛弘《かんこう》五年秋の早朝、出産のため里下がりしている中宮に仕えて土御門《つちみかど》邸にいる紫式部に、道長が盛りの女郎花の花を一枝手折って*几張《きちょう》の上から覗《のぞ》く。道長のすばらしい姿に、身づくろいもまだの自分の顔が思われ、紫式部は恥ずかしさをおぼえ、「和歌を詠むのが遅れては具合が悪かろう」という道長のことばにかこつけ、硯《すずり》のもとに寄ってこの歌を詠んだところ、道長はその早さに感心して返歌を詠む。それが『紫式部集』の*次の歌である。

　白露はわきてもおかじ女郎花《をみなへし》心からにや色の染むらむ

白露《しらつゆ》は分け隔てをして置いたりはしないでしょう。女郎花は自分で美しい色に染まっているのでしょう、という。道長は分け隔てなどしていない、あなた自身の心からですよ、と返す。このような歌をすばやく詠み合える紫式部と道長の才気《さいき》。そこには、ふたりの信頼関係さえうかがえる。

御前の花なども色とりどりに咲き乱れている中に女郎花が大変盛りであるのを、殿がご覧になって、一枝お手折りになって、几張の上から、「これを、ただそのまま返すな」といってくださった)。

【語釈】○露のわきける身―露が分け隔てをして置くこと。

*後撰集―後撰集・秋中・三四七・よみ人しらずに「女郎花《をみなへし》にほふ盛りを見る時ぞ我が老《お》いらくは悔しかりける」とある。

*几張―組木に布を垂《た》らしたもの。部屋の仕切りに使う。

*次の歌―紫式部集・七七。詞書には「と書きつけたるを、いととく」とある。この歌は新古今集・雑上・一五六八にも入集。

35

めづらしき光さし添《そ》ふ盃《さかづき》はもちながらこそ千世《ちよ》をめぐらめ

【出典】紫式部集・八六、後拾遺集・賀・四三三

望月《もちづき》の光にめでたい光のさし加わる祝いの盃は、何も欠けることのない望月のように、人々に持ち伝えられながら幾久《いくひさ》しく歳月をめぐっていくことでしょう。

満月の光に、慶祝《けいしゅく》の光が重なる。中宮彰子は、一条天皇の皇子を出産した。寛弘五年（一〇〇八）九月十一日。のちの後一条《ごいちじょう》天皇となる敦成《あつひら》の誕生である。やがて皇位《こうい》を継承する皇子の誕生に、祖父道長《みちなが》の邸は歓喜に満ちあふれている。『紫式部日記』には、その緊張と安堵《あんど》、喜びがこと細かに描写されている。九月九日の深夜に彰子は産気《さんけ》づき、十日の夜明け近くに出産のため白いしつらいの場所に移る。邸をあげての御産に供《そな》えて祈禱《きとう》もおこなった

【詞書】宮の御産《うぶ》や、五日の夜、月の光さへことに隈《くま》なき水の上の橋に、上達部、殿よりはじめたてまつりて、酔ひ乱れののしりたまふ、盃の折にさし出づ。

（若宮の御産養の五日の夜、月の光まで格別に行き届かぬところなくさす

が初産《ういざん》は長引き、ようやく翌十一日の昼頃、無事、皇子が生まれた。
詞書には、若宮《わかみや》の御産養《うぶやしない》である五日の夜、月の光まで格別に澄みわたり、照らし出されている小川の上の渡殿《わたどの》と呼ばれる廊下に、上達部《かんだちめ》や道長をはじめみなが酔い乱れて大きな声を出していらっしゃる、その祝宴《しゆくえん》の盃《さかずき》の時にさし出した歌、とある。「産《うぶ》や」は、高貴な子どもの誕生時におこなう産養のこと。当時は、三日、五日、七日、九日の夜に、それぞれ主催者の異なる祝いの宴をおこなうのが慣例《かんれい》であった。道長主催の五日の産養の儀で、盃がまわりみな祝いの酒に酔いしれている時に、紫式部はこの歌を詠んでさし出したのである。「もちながら」には、満月すなわち「望月《もちづき》」の「もち」と「持ち」が掛けられている。折しも満月の夜の祝宴でめぐる盃に、このめでたさが長い歳月をめぐることを重ねて、紫式部は主人の家の末永い繁栄を祈る。
『紫式部日記』の記述では、九月十五日、産養五日目に「女房、盃《さかづき》」と歌を求められたらどうしようなどと思いながらそれぞれ考えたとして、この歌がある。また、のちの『後拾遺集』*の詞書では、七日の夜に詠まれた歌とある。そちらからいま一度『紫式部集』のこの歌をながめると、祝宴に歌をさし出した紫式部を伝える詞書が、ひときわ印象に深い。

水の上の橋に、上達部が、殿をはじめ申し上げて、酔い乱れ騒いでいらっしゃる、盃の折に詠み出す)。

【語釈】○めづらしき光—めったにない皇子誕生というすばらしい光。

*詞書—後拾遺集には「後一条院生まれさせたまひて七《しち》夜《や》に人々参りあひて、盃《さかづき》出だせと侍りければ」とある。第五句「千世もめぐらめ」。

36

曇りなく千歳《ちとせ》に澄める水の面《おも》に宿《やど》れる月のかげものどけし

【出典】紫式部集・八七、新古今集・賀歌・七二二

曇りなく千年までもずっと澄みわたる池の水面に、映っている月の光ものどかなことです。

澄《す》み渡る池の水面《みなも》にさす月の光。翌十六日の夜の光景も美しくめでたい。詞書は、翌日の夜、月が曇《くも》りなく美しい時に、若い人たちが舟に乗って管絃《かんげん》の遊びをしているのを見ています、池の中島の松の根もとに舟を漕《こ》ぎまわす様子がおもしろく見えましたので、という。寝殿造《しんでんづく》りの邸には大きな池がある。そこで、若い人々が舟を漕ぎ出し、舟の上で楽器を演奏してうち興《きょう》じる。池の中央には土を盛り上げた小さな島があり、そこに植えられている松

【詞書】又の夜、月の隈《くま》なきに、若人たち舟に乗りて遊ぶを見やる、中島の松の根にさしめぐるほど、をかしく見ゆれば。

(又の夜に、月のさし届かぬところがないほどの時に、若い人達が舟に乗って遊ぶのを見ていて、中

の木の根もと近くを舟が漕ぎまわる。池に棹《さお》をさして漕ぐので、「さしめぐる」という。

　五日の産養が済み、翌日にはまた七日の産養が控えている。その間隙《かんげき》を縫《ぬ》うように、池に舟を漕ぎ出して遊ぶ。皇子の誕生というこの上ない慶事《けいじ》に恵まれて、晴れやかさに包まれた道長《みちなが》邸では、仕える人々も高揚《こうよう》した気分であったろう。元気な若者たちならなおさらのこと、誰もじっとなどしていられず、夜の舟遊《ふなあそ》びに繰り出した。目の前の楽しげな光景に心惹《ひ》かれて、紫式部もさりげなく歌を詠む。「千歳に澄める水の面《おも》」は、永遠に繁栄する道長の土御門《つちみかど》邸を表し、「宿《やど》れる月のかげ」は、誕生した若宮を喩《たと》える。「曇りなく」「澄める」が月の縁語《えんご》。晴れやかなことばの連《つら》なりから、慶賀にたえない邸の様子が手に取るように伝わってくる。

　ちなみに、『紫式部日記』では、若い女房たちが舟遊びにうち興じ月の美しく照《て》り映《は》える様子が描かれるが、この歌はみられない。また、*『新古今集』賀歌の詞書では、舟遊びを呼びかけたのは「大二条関白《かんぱく》」*教通《のりみち》とする。教通《のりみち》ならば、この時、十三歳。盛大な祝宴のはざまの美しい月夜、若い人々の楽しげな舟遊びのひとときに、紫式部も心を和《なご》ませている。

島の松の根に漕ぎまわる様子が、おもしろく見えるので）。

【語釈】○宿れる月のかげ―水面に映る月の光。

*『新古今集』賀歌の詞書―新古今集の詞書には「後一条院生まれさせ給へりける九月、月隈《くま》なかりける夜、大二条関白、中将に侍りける、若き人々さそひ出でて池の舟に乗せて中島の松陰さしまはすほど、をかしく見え侍りければ」とある。

*教通―道長の五男。母は倫子。

37

いかにいかが数《かぞ》へやるべき八千歳《やちとせ》のあまり久しき君が御世《みよ》をば

【出典】紫式部集・八八、続古今集・賀歌・一八八五

いったいどのようにして数えきることができましょうか。幾千年ものあまりに長い若宮のご寿齢《じゅれい》を。

【詞書】御五十日《いか》の夜、殿の、歌詠めとのたまはすれば。
(御五十日の祝いの夜、殿が、歌を詠めとおっしゃるので)。
○続古今集詞書「後一条院生まれさせたまひての御五十日《いか》の時、法性寺《ほっしょうじ》入道前摂政《さきのせっしょう》、歌詠めと申し

若宮のめでたく末長い生《お》い先を、紫式部が寿《ことほ》ぐ。敦成《あつひら》親王誕生五十日の祝いに、道長にもとめられての一首は、「いか」という心地《ここち》よい響きを重ねて、めでたさを語感からも印象に刻む。

当時の宮廷社会では、生後まもなくおこなわれる一連の産養《うぶやしない》の儀礼のあと、誕生五十日に五十日《いか》の祝宴をおこなう。待望の皇子誕生という慶事に恵まれた土御門《つちみかど》邸でも、もちろん盛大な祝宴が催《もよお》された。詞書には、御五十日

の夜、道長の殿が「歌を詠め」とおっしゃったので、とある。『紫式部日記』の寛弘《かんこう》五年十一月一日、五十日の祝いを描く場面に、この歌に続いて道長の歌があり、酔いのまわった道長が紫式部に歌をもとめた経緯《けいい》が記されている。「いかに」「いかが」にはともに「五十日《いか》」が掛けられ、音の響きを楽しみながらめでたさが表される。「八千歳《やちとせ》」は幾千年もの意、「御世《みよ》」は寿齢で、若宮の幾千年もの長い寿齢を表している。『紫式部日記』では、道長がこの歌に大変感じ入り、すばやく自身の歌を詠んだとあり、『紫式部集』でも同じ*道長の歌が続く。

　葦田鶴《あしたづ》の齢《よはひ》しあらば君が代の千歳《ちとせ》の数も数へとりてむ

鶴のように長い寿命が私にあるならば、若宮の御寿齢の千年の数も数えとってさしあげましょう。「葦田鶴」は葦の生える水辺にいることから、鶴を表す歌のことば。齢《よわい》を数えるという祝賀の和歌のおきまりの言い方で、紫式部も道長も、即座に若宮の将来を讃《たた》える歌を詠んでいるのである。『紫式部集』は、この道長の歌を、「返し」ではなく「殿《との》の御《ご》」とし、贈答という形式をとらない。主人も仕える女房《にょうぼう》も、皇子誕生の喜びとその将来への期待をそれぞれに詠み合っている。

侍りければ。

（後一条院がお生まれあそばされての御五十日《いか》の時、法性寺《ほっしょうじ》入道歌詠前《さきの》摂政《せっしょう》様が歌を詠めと申しましたので）。

【語釈】○いかにいかが—「いかにいかが」は、どちらもどのようにして、の意。二語を重ねる強調表現で、「いかが」には反語の意味も含まれる。○し—強意の助詞。

＊道長の歌—紫式部集・八九。詞書「殿の御」。この歌は詞書「題しらず」、第四句「千歳の数は」として『続拾遺和歌集』・賀・七四九にも入集。

38

九重《ここのへ》ににほふを見れば桜狩《さくらがり》重ねて来たる春のさかりか

【出典】紫式部集・一〇三、伊勢大輔集・一五、続後拾遺集・夏歌・一五七

宮中に美しく咲いている桜を見ると、桜狩りをする春の盛りがまたやってきたのかと思われることです。

宮中に美しく咲き匂う八重桜《やえざくら》。詞書には、四月に八重に咲く桜の花を、内裏で、とある。陰暦の四月は初夏になる。この年は四月になっても八重桜がなお咲き続けていたらしい。珍しい桜は、さぞかし、人々を喜ばせたことであろう。現代では桜といえばソメイヨシノを思い浮かべるが、これは近代の品種で、この時代に人々が愛《め》でたのは、新葉とともに花の開く山桜《やまざくら》である。八重咲きの品種は花の咲く時期が遅いものだが、それよりも、さらに遅れて

【詞書】卯月に八重咲ける桜の花を、内にて。

（卯月（陰暦四月）に八重に咲く桜の花を、内裏で）。

○伊勢大輔集詞書「院の御返し」、五句「春かとぞ見る」。

○続後拾遺集詞書「一条院

咲き続ける桜が人々を驚かせた。

歌の「九重《ここのへ》」が宮中を表し、詞書の「八重咲ける」にも響きあう。「桜《さくら》狩《がり》」という美しいことばが、桜を愛でる心を深く印象に刻む。

この歌は、『伊勢大輔《いせのたゆう》集』や、『*古本説話集』第九、『*袋草紙《ふくろぞうし》』、『*古事談《こじだん》』、『*十訓抄《じっきんしょう》』第一ノ十八などの説話《せつわ》にも収められており、この歌の詠まれた事情をうかがい知ることができる。当時、奈良の興福寺《こうふくじ》から藤原氏の后に桜が届けられる慣例があり、彰子中宮のもとに桜が献上《けんじょう》された。その桜を取り次いで中宮にさしあげる役目の人がおり、その時に歌を詠んで添える。この歌は、桜の取り次ぎにちなんで詠まれた一首である。

伊勢大輔は紫式部とともに彰子に仕えた女房。そちらの歌集では、これは伊勢大輔の歌への返歌となっている。まず、『百人一首』にもとられる有名な*伊勢大輔の歌からあげてみよう。

いにしへの奈良の都の八重桜今日九重ににほひぬるかな

いにしえの奈良の都の八重桜は、今日、宮中で美しく咲いていることですよ、という。この詞書が、歌の詠まれた事情を伝えて詳しい。つまり、上《じょう》東門院《とうもんいん》（彰子）が中宮と申し上げて内裏にいらした時、奈良から扶公僧都《ふこうそうず》と

位におはしましける時、内裏にて卯月の頃、八重桜の咲きて侍りけるを見てよめる」、第三句「遅桜」第五句「春かとぞ思ふ」。

【語釈】○桜狩―桜を訪ねて鑑賞し愛でること。

*古本説話集―鎌倉時代初期までに成立した説話集。

*袋草紙―平安時代後期の歌学書。藤原清輔著。

*古事談―鎌倉時代の説話集。源顕兼編。

*十訓抄―鎌倉時代中期の説話集。

*伊勢大輔の歌―伊勢大輔集・一四。詞書「院の中宮と申して内裏におはしまし時、奈良より、扶公僧都といふ人の八重桜をまゐらせたりしに、「これはとしごとにさぶらふ人々ただには過ごさぬを、今年は返り事せよ」

いう人が八重桜を贈ってきた。そこで、道長が「これは毎年仕える人たちが和歌を詠み添えて献上しているので、今年はあなたが返事をしなさい」とおっしゃったので詠んだとある。さらに『伊勢大輔集』の別*の本文によると、歌を詠み桜を取り次ぐ役目は「新しく参った者がつとめるように」との道長の仰せで、紫式部も宮仕えに出てまもないひとりではあったが譲り、伊勢大輔が和歌を詠んだ、という。

この伊勢大輔の歌に続いて、八重桜を献上された彰子の歌がある。それが、いまここでとりあげている「九重に」の歌である。この歌が『紫式部集』で紫式部自身の歌となっているのは、中宮に代わって紫式部が詠んだからではないかと考えられている。『伊勢大輔集』には歌の末尾が「かさねてきたる春かとぞ見る（思ふ）」とあり、『紫式部集』の「春のさかりか」よりも、居住まいを正したような結び方になっていることから、当初紫式部が代《だい》詠《えい》した歌を彰子が即興《そっきょう》で詠み変えたのではないかという説もある。

『紫式部集』はじめ、その他の家集や説話に、この歌の正確な年は記されていない。伊勢大輔も紫式部も宮仕えに出て間もない頃の四月であること、また、寛弘《かんこう》五年（一〇〇八）には彰子が懐妊《かいにん》し、賀茂《かも》祭（現在の葵《あおい》祭）の前に

と仰せ言ありしかば」。詞花集・春・二九。

＊別の本文―伊勢大輔集（彰考館本）五。詞書に「女院の中宮と申しける時、内裏におはしましに、奈良から僧都の八重桜をまゐらせたるに、「今年の取り入れ人は、今まゐりぞ」とて、紫式部の譲りしに、入道殿聞かせたまひて、「ただには取り入れぬものを」と仰せられしかば」とある。

は道長の土御門《つちみかど》邸に戻っていることなどから、この歌が詠まれたのは、前年の寛弘《かんこう》四年（一〇〇七）四月かと推定されている。

これは内裏で詠まれた歌とあるが、寛弘四年に彰子がいたのは、本来の内裏ではない。平安時代、内裏はしばしば火災に見舞われている。村上《むらかみ》天皇の天徳《てんとく》四年（九六〇）の内裏火災以降、焼失と新造を頻繁に繰り返していたのが、平安の内裏であった。したがって、平安時代中期になると、内裏はおよそ一定の居所《きょしょ》ではあり得ない。内裏が焼失して、新しく殿舎《でんしゃ》を造営している間は貴族の邸をあてて住まい、それを里内裏《さとだいり》と呼ぶ。紫式部が宮仕えをしていた頃は、一条院《いちじょういん》を内裏としていたと考えられ、はたして紫式部は本当に内裏を見ていたのだろうか、という指摘さえある。しかし、どこであれ、彰子中宮のいる場こそ、内裏なのである。そこに、八重桜が献上された。

桜の取り次ぎ役は伊勢大輔に譲っても、献上された桜を受け取る中宮に代わり歌を詠むのは、さぞかし光栄な役目であったろう。それは、紫式部が中宮に信頼されている証《あか》しに他ならない。『紫式部集』が本当に自分の手で編まれた家集ならば、この一首を収める時の誇らしさにも想像は広がる。

39

神代《かみよ》にはありもやしけん山桜今日《けふ》のかざしに折れるためしは

【出典】紫式部集・一〇四、新古今集・雑歌上・一四八五

神代にはあったことでしょうか。いままで咲き残っていた山桜を今日の冠の飾りとして手折《たお》った例は。

【詞書】桜の花の祭りの日まで散り残りたる、使ひの少将のかざしに賜ふとて、葉に書く。

（桜の花が賀茂祭りの日まで散り残って咲いていたのを、使いの少将の頭の飾りに下賜するといって、葉に書く）。

これも、賀茂《かも》祭の日に詠まれた桜の歌。ここでは「山桜」とあるが、これは赤みがかった新葉とともに先がけて開花するサクラではなく、前の歌（38）に詠まれる八重桜のことであろう。詞書によれば、賀茂祭の日まで散り残っていた桜を使いの少将の冠《かんむり》の飾りとして賜《たまわ》るといって、葉に書きつけた歌らしい。珍しい桜は、実に賀茂祭の日まで咲き残っていた。

賀茂祭は賀茂神社（上賀茂《かみがも》・下鴨《しもがも》両社の総称）の祭。現在の葵《あおい》祭は五月十

五日であるが、かつては陰暦四月、中の酉《とり》の日におこなわれた。前の歌でふれたとおり、これらを寛弘《かんこう》四年四月の歌とすると、この年の賀茂祭は陰暦四月十九日。四月の早い時期に中宮に献上された桜が、十九日まで咲き残っていたことになる。菖蒲を軒に飾る賀茂祭に桜を冠《かんむり》に挿《さ》すなど、ふつうはあり得ない。しかし、その珍しい取り合わせが現実の光景となった。大役《たいやく》を仰せつかる使いの少将の栄光を、冠に戴《いただ》く貴重な桜が一段と引き立てる。その慶《よろこ》びを、ここでは神々の時代にはこのように不思議なことがあったのだろうか、と神の威徳《いとく》に結びつけている。

使の少将は賀茂祭の勅使《ちょくし》、近衛府《このえふ》の少将がつとめる役目である。寛弘四年とすればその職についていたのは、道長の二男で右近衛少将《みぎのこのえしょうしょう》の頼宗《よりむね》（母は明子）になる。朝廷から帝《みかど》の命を受けて遣《つか》わされる大役を頼宗が仰せつかった。異母兄弟の晴れがましい役目を祝って、彰子中宮からいつまでも咲き残る珍しい桜が贈られた。ただでさえ晴れやかな賀茂祭に、主人の家のめでたい祝い事まで重なるこの年の祭は、格別の行事であったろう。折しも咲き続ける稀少《きしょう》な桜が、主家《しゅか》の慶事に彩りを添える。その寿《ことほ》ぐ思いの深さを、紫式部は「神代《かみよ》」を持ち出して表している。

○新古今集詞書「四月《うづき》祭りの日まで花散り残りて侍りける年、その花を使《つかひ》の少将のかざしに賜ふ葉に書きつけ侍りける」、第三句「桜花」。

【語釈】○かざし（挿頭）—冠や髪に挿す植物の枝や花の飾り。

40

あらためて今日《けふ》しもものの悲しきは身の憂《う》さやまた様《さま》かはりぬる

【出典】紫式部集・一〇五

あらためて今日この日、もの悲しいのは、我が身の厭《いと》わしさもまた様変わりしたのでしょうか。

【詞書】睦月《むつき》の三日、内より出でて、ふるさとの、ただしばしのほどに、こよなう塵つもり荒れまさりにけるを、言忌みもしあへず。

（睦月（陰暦正月）の三日に、宮中から退出して、里邸が、ただしばらくの間にたいそう塵が積もっ

新春なのに、紫式部はもの悲しいという。詞書は、一月三日に宮中を退《たい》出《しゅっ》して帰ってみると里の邸は、ほんのわずかの間にたいそう塵《ちり》も積もってますます荒れてしまっていた、不吉《ふきつ》なことばを慎《つつし》むこともできないで、という事情を伝える。年明けて、紫式部は何らかの事情で里に戻っていた。寿《ことほ》ぐ春を迎えて宮中では新年の諸行事もおこなわれ、さぞかし晴れやかな正月の光景であったろう。その晴れやかさを見なれた目には、里の邸がいっそう荒廃《こうはい》

したように映る。めでたい新春に不吉なことばを口にするなどもってのほかなのに、うきうきとした気分ではいられぬ紫式部の心には、我が身の嘆きが頭をもたげてくる。「あらためて」と切り出す口調に、年が改まれば嘆きも消えるかもしれないと思ったのにと、自覚を新たにする現実がうかがえよう。

これまでにも、『紫式部集』には「身の憂《う》さ」が何度もみられた。それは、夫との死別や宮仕えに限定されたものではなかろう。歳月を重ねていつしか心につきまとう、さまざまな厭わしい心情。それを紫式部は「身の憂さ」と表し、新しい年を迎えたいまこの時に、なお心に宿るその思いを、あらためてみつめているのである。

この歌が詠まれたのは、寛弘四年、五年、あるいは六年と推測されているが、正確な時は断定しがたい。『紫式部日記』寛弘五年十一月の記述には、里へ退出して邸の木立《こだち》をながめ、出仕《しゅっし》する前は気の合う人々と他愛《たわい》のないやりとりをして心を慰めたのに、宮仕えに出て思い知る「身の憂さ」よ、というくだりがある。日記の記述にも通じるこの歌は、同じ頃に詠まれたのか、あるいはこの和歌を受けて日記があるのだろうか。

て荒れ進んでしまったのを、言葉を忌み慎しむこともできなくて)。

【語釈】○しも―強意を表す助詞。

41

恋ひわびてありふるほどの初雪は消えぬるかとぞ疑はれける（人）

【出典】紫式部集・一二二

あなたを恋しく思う気持ちになやみ暮らしているうちに、降る初雪のように私は消えてしまうのではないかと疑われるのです。

【詞書】初雪降りたる夕暮れに、人の。

（初雪が降った夕暮れに、人が）。

【語釈】○ありふる——「経《ふ》る」と「降る」が掛けられる。

恋に心は揺れる。「恋ひわびて」という響きはせつない。美しくはかなく消える初雪《はつゆき》が、その心を象《かたど》る。詞書は、初雪の降った夕暮れ時の歌という。冬の早い夕暮れに、不安な心情がいよいよ募《つの》る。詞書にある「人の」は、これまでにもしばしば『紫式部集』にみられた表現で、誰であるのかを明らかにしない。しかし、一方で、紫式部をとりまく人の存在を確かに感じさせる言い方でもある。

一番最初というのは、待ち望む人々の期待を一身《いっしん》に背負う。だからこそ、ひときわ美しく心に刻《きざ》まれる。それは天象《てんしょう》とて同じこと。ほどなく消えてしまう初雪に、耐えがたいほど恋しい思いでいまにも消えてしまいそうな我が身がよそえられる。

紫式部の返歌《へんか》*が続く。

ふればかく憂《う》さのみまさる世を知らで荒れたる庭に積もる初雪

日々暮らしていると嘆きばかりがまさる世であるとも知らないで、荒れている庭に積もる初雪です、という。贈歌《ぞうか》を恋人からとすると、こちらの「世」は男女の仲の意になるが、この贈答歌を異性にかぎらず親しい友人とのやりとりと解釈して、「世」は世の中全般とみることもできよう。掛詞《かけことば》の「ふる」や「憂《う》さ」がまさるというのは、贈歌をそのまま受けており、恋の歌の切り返す詠みくちでもない。「荒れたる庭」とは、前の歌（40）に詠まれ、また『紫式部日記』にも描かれていた紫式部の里邸の光景であろう。この歌には『古今集』*よみ人しらず歌がふまえられていることが指摘され、初雪にはかつて紫式部の若い日に越前《えちぜん》の日野山《ひのやま》を見て詠まれた歌（09）も思い起こされる。初雪の光景に、紫式部の若い日の一齣《ひとこま》が重なってくる。

*返歌―紫式部集・一二三。詞書に「返し」とある。この歌は新古今集・冬歌・六六一にも入集。

*古今集―古今集・雑歌下・九五一・よみ人しらずの歌に「世にふれば憂《う》さこそまされみ吉野の岩のかけ路《みち》踏みならしてむ」とある。

42

暮れぬ間《ま》の身をば思はで人の世のあはれを知るぞかつは悲しき

【出典】紫式部集・一二四、新古今集・哀傷歌・八五六

今日一日が暮れない間ほどのはかない我が身を思わずに、人の命のいたわしさを知るのは、考えてみれば悲しいことです。

親しい友は、もうこの世にいない。先《さき》だってしまった小少将《こしょうしょう》の君を悲しんでいるけれども、実はその我が身とてまた同じ身の上であるのかもしれない。それに気づかずに人の死を悼《いた》むことのほろ苦さをも、紫式部は同時に感じている。詞書は、小少将の君が生前《せいぜん》にお書きになった手紙が物の中にあるのを見つけて、加賀少納言《かがのしょうなごん》のもとに贈った、という。

小少将の君は、紫式部ともっとも親しい宮仕え仲間の女房であった。本書

【詞書】小少将の君の、書きたまへりしうちとけ文《ぶみ》の、ものの中なるを見つけて、加賀少納言のもとに。

（小少将の君が、お書きになったうち解けた手紙が、物の中にあるのを見つけて、加賀少納言のもとに）。

でとりあげていない歌（家集100番）の詞書*には、「中将、少将と名ある人々の同じ細殿《ほそどの》に住みて」とあり、紫式部は中将《ちゆうじよう》の君と小少将の君という女房たちと同じ細殿に住んでいたらしい。小少将の君と紫式部が夜な夜な親しく語り合うのを聞いた隣りの中将の君が、私はのけ者ですねというその歌の内容からすれば、冗談まじりのそうしたやりとりを誘うほど、ふたりは親しかったことがうかがえよう。それほど親しい友に先立たれた紫式部の喪失《そうしつ》感は、いかばかりであったか。心のいたみは想像して余りある。

加賀少納言は彰子に仕えた女房と思われ、『紫式部集』では、この詞書にのみ出てくる女性である。この歌は『新古今集』の哀傷《あいしよう》歌にも収められており、そちらの詞書*には「その縁《ゆかり》なる人」とあることから、小少将の君の縁者であろうと推察されている。また、この人が、加賀守《かがのかみ》藤原為盛《ためもり》の娘ではないかという説もある。いずれにせよ、紫式部は、大切な友である小少将の君を喪《うしな》った思いを共有できる人に歌を贈った。

「暮れぬ間《ま》の身」とは、日が暮れるまでももたないようなはかない身のこと。今日一日を生き抜けるかどうかすらもわからない、命のはかなさを表す。「うちとけ文《ぶみ》」は、親しい間柄でやりとりされたプライベートな手紙。

【語釈】○暮れぬ間の身―日が暮れるまでもあるかどうかわからないほどのはかない身。

＊詞書―紫式部集・一〇〇。「中将、少将と名ある人々の、同じ細殿に住みて、少将の君を夜な夜な会ひつつ語らふを聞きて、となりの中将／三笠山同じ麓《ふもと》をさしわきて霞に谷の隔てつるかな」とある。

＊詞書―新古今集の詞書には「失《う》せにける人の文の、物の中なるを見出でて、その縁《ゆかり》なる人のもとに遣はしける」とある。

それは、おそらく形式ばった書状などではなく、気の置けない相手に向けてしたためられた、率直《そっちょく》な手紙であったろう。そこには、他の人には言えない心の内が綴《つづ》られていたかもしれない。小少将の君にだからこそ書けた大切な手紙。手もとの品のなかに、ふと、懐かしい手紙を見つけて手にした紫式部は、色鮮《いろあざ》やかにありありとよみがえる親友との日々に思いを馳《は》せる。しかし、亡き友にふたたび会うことは叶《かな》わない。親しい人との別れ、人生を通り過ぎる時間。非情《ひじょう》な現実は、友ひとりの身にとどまるはずもなく、我が身とて同じかもしれない。ひとりの身をこえた人の世の定めに、いま紫式部は真正面から向き合う。

『紫式部集』には、同じ心情を詠む紫式部の歌*がもう一首ならぶ。小少将の君の手紙をみつけての歌には、前の詞書がそのまま掛かる。

誰か世にながらへてみむ書きとめし跡は消えせぬ形見《かたみ》なれども

「跡」は手紙に書かれている筆跡《ひっせき》のこと。文字はその人を表し、生前の小少将の君の人柄を彷彿《ほうふつ》させる。紙に書かれた筆跡は、その人がいなくなっても形見として遺《のこ》るけれども、見る人の方は永遠の命ではあり得ない。形見の手紙と、消えゆく定めと。相反《あいはん》するふたつの事実がここにみつめられる。小

*紫式部の歌—紫式部集・一二五。新古今集・哀傷歌・八一七に詞書「上東門院小少将みまかりて後、常にうちとけて書き交はしける文の、物の中に侍りけるを見出でて、加賀少納言がもとに遣はしける」で入集。

少将の君への哀悼《あいとう》は、大切なひとりの友との死別から、いつしか人のはかなさ全般に及んでいく。古来、人は不老不死《ふろうふし》に憧《あこが》れ続けてきたが、誰しも人の世の定めに抗《あらが》うことなどできない。その非情な現実を、懐かしい友の筆跡に見入りながら、まっすぐにみつめる紫式部がいる。

『紫式部集』からも『紫式部日記』からも、小少将の君が紫式部の親しい友であったのは、まちがいない。紫式部はその後半生《こうはんせい》に入って、自身の心につきまとう厭《いと》わしい思いを歌にすることも多くなった。宮仕えという新たな環境に身を置いて、ままならぬ事態に心が塞《ふさ》ぐこともあったろう。その宮仕え生活のなかで、心を許し、うち解けられる小少将の君との絆は、紫式部の大切な心の支えであったにちがいない。しかし、『紫式部集』に小少将の君の死に際しての歌は収められていない。実際に詠まなかった、というわけではあるまい。親しい友の死を知った時にも、紫式部は哀傷の心を歌に托《たく》していたのかもしれない。しかし、この家集が編まれる時に、小少将の君の死を詠んだ歌は入れられなかった。

代わりに『紫式部集』の末尾にならぶ、亡き友を思う二首の歌。それらは、ひとりの生から、歳月《とき》の流れのなかにある人を問いかけているようである。

43

亡《な》き人を偲《しの》ぶることもいつまでぞ今日《けふ》のあはれは明日《あす》の我が身を

（加賀少納言）

【出典】紫式部集・一二六、新古今集・哀傷歌・八一八

亡き人を偲ぶこともいつまでなのでしょう。今日のはかなさゆえの悲しみは明日の我が身のことですのに。

【詞書】返し。

【語釈】○今日のあはれ―今日の人の身の悲しみ。

*新古今集―詞書「返し」、作者「加賀少納言」。

亡くなった友を偲ぶことすら、いつまで続けられるのかわからない。友の身の上のみならず、明日の我が身なのかもしれない。「返し」とのみ『紫式部集』の詞書にはあり、『新古今集』*哀傷には「加賀少納言」という作者名が明記される。あとさきはあっても、生きとし生けるものいつかは終わりの時を迎える。どのような身分であれ、等しく生と死はある。「明日の我が身」という現代でも口にするような表現で結ばれるこの歌は、歳月《とき》の流れに生き

る人を、そうした人の世を、冷静にみつめる。

本書で採用した『紫式部集』の伝本《でんぽん》では、これが最後の歌になる。家集は、亡き小少将の君の手紙を見ての紫式部の二首と、それに対する加賀少納言の返歌をもって閉じられる。『紫式部集』は、紫式部自身が編んだ家集と考えられているが、そうした個人の家集が他人の歌で閉じられるのは、一般的な終わり方とは言い難《がた》い。そのうえ、『紫式部日記』でも『紫式部集』でも馴《な》じみのない、加賀少納言のと伝えられる和歌が末尾に置かれている。それは、紫式部が自分の歌をあえて他人の歌のように仕立てたからではないかという見方がある。また、前にふれたように加賀少納言が実在の女性と推定したうえで、小少将の君とともに親友であった大納言の君もすでに亡く、同じ心情を共有できる加賀少納言とのやりとりで結んだとみる立場もある。

『紫式部集』では、紫式部をとりまく人々との贈答が大切にされている。そのあり方を思えば、亡き親友を思い人をみつめる二首が、小少将の君を亡くした喪失感を分かちあえる人に受けとめられるのは、自然な結び方であろう。友との再会と別れで始まった家集は、友を亡くしての歌で閉じられる。別離《べつり》の悲しさをこえて、そこには、心にあり続ける人の尊《とうと》さが立ちのぼる。

歌人略伝

紫式部の正確な生年は未詳だが、天禄《てんろく》元年（九七〇）、天延《てんえん》元年（九七三）、天延二年（九七四）、天延三年（九七五）、天元《てんげん》元年（九七八）などの説がある。父は藤原為時《ためとき》、母は藤原為信《ためのぶ》の娘。姉と弟と考えられている惟規《のぶのり》がいる。母は早くに亡くなったらしく、紫式部の若い頃に姉も亡くなった。父も母も藤原氏の有力な藤原北家《ふじわらほっけ》で藤原冬嗣《ふゆつぐ》の系譜にある名家の出であるが、藤原氏の繁栄を担ったのは、良房《よしふさ》から基経《もとつね》、忠平《ただひら》、師輔《もろすけ》へと続く別の系統であった。紫式部の曽《そう》祖父《そふ》で堤中納言《つつみちゅうなごん》と呼ばれた兼輔は、醍醐《だいご》天皇に娘を入内《じゅだい》させたが、祖父の雅正は受領《ずりょう》層と呼ばれる中流貴族どまりで、父為時へと続く家はむしろ零落《れいらく》する印象が強い。為時は読書始の副侍読《ふくじどく》に抜擢《ばってき》されながら、寛和《かんな》二年（九八六）の花山天皇退位と出家により官職を失う。不遇の日々を経て長徳二年（九九六）に越前守に任ぜられた父にともなって、紫式部は国府が置かれる武生《たけふ》に行く。越前からの帰京は、長徳三年（九九七）か長徳四年（九九八）かと推定され、父の任期満了を待たず、紫式部は一足先に都に戻ったかと考えられる。帰京後、藤原宣孝《のぶたか》と結婚、娘の賢子をもうけるが、長保三年（一〇〇一）四月、夫が病死。その後、宮仕えに出る前に『源氏物語』を執筆したかともいわれる。中宮彰子のもとに初めて出仕したのは、寛弘二年（一〇〇五）あるいは三年と考えられている。『紫式部日記』の記述から寛弘五年には『源氏物語』の一部がすでに書かれていたと考えられ、物語作家である紫式部に一条天皇も道長も目をかけていたことがうかがえる。紫式部の没年は、長和《ちょうわ》三年（一〇一四）春と推定する説が有力であるが、確定はできない。

略年譜

＊いま仮に天延元年誕生説により推定年齢を記すことを試みた。（数え歳）

年号	西暦	年齢	紫式部の事跡	歴史事跡
天延元	九七三	1	この頃誕生か（父は藤原為時）（天禄元（九七〇）、天延三（九七五）、天元元（九七八）等の諸説あり）	
貞元二	九七七	5		為時、東宮読書始に奉仕
永観二	九八四	12		花山天皇即位 為時、式部丞蔵人
寛和二	九八六	14		為時、式部大丞 六月、花山天皇退位・出家 一条天皇即位
長徳二	九九六	24	父の越前守着任にともない越前武生へ下向	
三	九九七	25	この年末もしくは翌春に帰京か	
四	九九八	26	この頃藤原宣孝と結婚か	宣孝、右衛門権佐 八月、宣孝、山城守兼任

長保元	九九九	27	この頃娘賢子誕生か	彰子入内
二	一〇〇〇	28		定子皇后、彰子中宮 十二月、定子崩御
三	一〇〇一	29	宣孝没	東三条院詮子崩御
寛弘二	一〇〇五	33	この年もしくは翌年の十二月二十九日、中宮に出仕	
五	一〇〇八	36	懐妊した中宮にともない土御門邸に移る この頃『源氏物語』の一部が流布 十一月中宮にともない内裏に戻る この年または翌年に『紫式部日記』執筆か	為時、蔵人 彰子、敦成親王を出産
六	一〇〇九	37		彰子、敦良親王を出産
八	一〇一一	39	中宮にともない枇杷第に移る	為時、越後守 六月、一条天皇崩御 三条天皇即位 惟規没
長和元	一〇一二	40		中宮彰子、皇太后
三	一〇一四	42	この頃死去したか	為時、越後守を辞し帰京

解説　「紫式部をとりまく人々」——植田恭代

はじめに

『紫式部集』を読み進めていくと、紫式部の人生をたどるように歌が並べられていることに気づく。この家集が物語的であるといわれる所以《ゆえん》でもある。娘時代から、結婚と死別、宮仕え、と読み進める歌は、その時々の心の側から、ひとりの女性のあゆみを照らし出す。同時に、そこには歌を詠み交わす人々の姿が感じられてくる。この家集が紫式部自身の手で編まれたのだとすれば、人生を顧《かえり》みてこれらの歌が選ばれ、ひとつの家集のかたちに構成されるなかで、あらためて想起された人々の存在は、なおさら重い。

紫式部は、『源氏物語』の作者として知られている。しかし、『紫式部集』の歌までをも、『源氏物語』の側にのみ引き寄せて考える必要はあるまい。それぞれの歌は、一首のことばによってひとつの世界を表す。そして、その歌が連なっていくとき、大きなうねりのようなものが生み出されてくる。ひとつのことばから、そのことばが織りなす家集全体から、そこにこめられる心のありようを受けとめることが大切である。『紫式部集』の伝えようとするものをより深く理解するために、ここでは、『紫式部集』の歌に関わる主要な人々について概観してみたい。

父、藤原為時《ためとき》

紫式部は父との関係が深いといわれる。母が早く亡くなり、姉もほどなく亡くした若い紫式部にとって、父は寄る辺と頼む人であったろう。その父が、決して順風満帆《じゅんぷうまんぱん》な人生をたどったわけではなかったことが、紫式部の人生にも大きな影響を与えた。為時は漢学の才能に秀《ひい》でた人で、花山天皇の東宮時代に目をかけられて学問を進講《しんこう》する侍読の補佐役に抜擢《ばってき》された。しかし、寛和二年（九八六）、花山天皇の退位と出家により、為時は官職から遠ざかることを余儀なくされ、それから長徳二年（九九六）にふたたび越前守《えちぜんのかみ》に任ぜられるまでの十年近い間、不遇な日々をおくることになった。その歳月が、ちょうど紫式部の娘時代と重なる。父の失意の日々は、みかたを変えれば、紫式部が父の身近にいられた時間でもある。『紫式部日記』には、父が子息の惟規《のぶのり》に漢学を教えていたとき、そばで聞いていた紫式部の方が暗誦《あんしょう》してしまい、男だったならばと父が嘆いたという、有名なエピソードがある。学問を伝授する父のそばで学べた時間は、紫式部の教養を育む有益な歳月でもあった。ようやく越前守となった父の赴任《ふにん》に、紫式部も同行する。越前の国府は武生《たけふ》、現在の福井県越前市である。初めて都を離れた経験は、雪深い北陸の光景を紫式部の印象に刻み、望郷の思いをかき立てる。その時々の心を詠む和歌が『紫式部集』に収められており、初雪の光景はのちまで紫式部の心に残っていたらしいことも、家集からうかがえる。父とともにあった少女時代からの若い日々は、紫式部の人生の礎《いしずえ》をなしていよう。

夫、藤原宣孝《のぶたか》

紫式部は、越前武生に一年余り滞在し、父の任期満了を待たずに帰京した。都へ戻った紫式部の結婚した相手が、藤原宣孝である。『紫式部集』では、越前での歌が並ぶあたりから、世馴れた男性との恋のかけひきを楽しむような詠みくちの贈答歌がみられる。宣孝は正暦元年（九九〇）に筑前守を任ぜられ大宰少弐《だざいのしょうに》を兼任し、長徳元年（九九五）頃帰京、長徳四年正月に右衛門権佐、八月に山城守の兼任となる。二人が結婚したのは、長徳四年（九九八）か五年（九九九）正月頃ではないかと考えられている。その時、宣孝はすでに四十代で、複数の妻との間には子どもも生まれていた。『枕草子』「あはれなるもの」の段には、豪放な性格の宣孝の様子が伝えられる。やがて、宣孝との間に賢子、のちに大弐三位《だいにのさんみ》と呼ばれる一人娘を授かった。

しかし、紫式部の結婚生活は長くは続かなかった。長保三年（一〇〇一）四月、宣孝は病死してしまう。その頃、都に流行していた疫病に宣孝も罹患《りかん》したらしい。年上の男性との恋、遅い結婚、あまりに早い夫との死別。そして、手もとに残された幼い娘。宣孝との出会いと別れは、人の世をみつめ我が身を顧みる大きな契機を、紫式部の心にもたらした。

中宮彰子

宣孝が亡くなったのち、紫式部は宮仕えに出る。一人住みの「房《ぼう》」と呼ばれる部屋を与えられるので、女房と呼ばれる立場となる。仕える主人は一条天皇の中宮彰子、時の権力者藤原道長の娘である。初めて宮仕えに出たのは、寛弘三年（一〇〇六）か寛弘四年（一〇〇七）頃、宣孝の死から五、六年ののちと考えられている。宮仕えは中宮の身辺の世話をするにとどまらず、高い教養を求められる。主人となる女性に進講をして知識を授けるのは、女房の重要な役目である。紫式部が彰子のもとに仕えたのは、道長の正妻である倫子《りんし》と亡き夫宣孝、そして紫式部自身も、系譜をたどれば藤原定方の曾孫にあたり、遠いながらも血縁関係で繋《つな》がることによっていよう。さらに加えて、娘時代に父為時から漢学の教養を学び学才にすぐれていたことも、道長や倫子の信頼を得るにふさわしく、目をかけられた大きな理由であったのは間違いない。

彰子の出産前後の様子は『紫式部日記』に詳しいが、その記述から、紫式部が『源氏物語』と思われる物語をすでに書いていることが知られる。また、日記後半の年時不明の記述には、漢学に通じていた紫式部が「日本紀《にほんぎ》の御局《みつぼね》」とあだ名をつけられた逸話《いつわ》も伝えられる。夫との死別後におとずれた紫式部の宮仕え生活は、中宮彰子や、父母の道長と倫子など主家の人々をはじめ、宮廷社会に集う有力な貴族たちとの交流をひらくものであった。

若き日の友、宮仕えの友

紫式部には、心を通わせる友がいる。『紫式部集』は、再会した幼友だちとの歌から始まる。姉亡きあと、姉妹のように親しく手紙を書き交わした友もいる。その友は紫式部の越前下向と時を同じくして筑紫へ行き、遠く離れてなお親しい友とのやりとりは、二人の絆の強さを伝えて余りある。また、人生後半の宮仕え生活では、はなやかな場にあって「身の憂《う》さ」と表される嘆きにばかり目が向きがちであるが、心の晴れるとは限らない日々にも、紫式部は親しい女性の友との出会いに恵まれている。『紫式部集』には、『紫式部日記』の「弁の内侍」かともいわれる「弁のおもと」、倫子の姪で源時通の娘である「小少将《こしょうしょう》の君」、同じく倫子の姪で源扶義《すけよし》の娘廉子と考えられる「大納言の君」などがみられる。なかでも、紫式部がもっとも心を寄せたのは小少将の君で、『紫式部集』では、部屋も近く、夜通し語りあかし、身の嘆きさえ共有している様子がうかがえる。宮廷社会の人間関係には煩《わずら》わしさを感じていたのかもしれないが、一方で、心を通い合わせる友の存在は、宮仕えの場に身を置く紫式部の、大きな心の支えであったろう。『紫式部集』は、その小少将の君の死を詠む、加賀少納言という女性との贈答歌を末尾におく。幼友だちとの再会とほどない別れから始まった『紫式部集』は、小少将の君との永遠の別れを詠む歌で閉じられる。かけがえのない心の友の存在が、この家集を貫くように支えている。

越前への下向、短い結婚生活、その後の物語執筆、そして宮仕え生活。紫式部の人生は決してありふれたものではない。『紫式部集』は、そのかけがえのない歳月の織りなす世界を、紫式部をとりまく大切な人々との歌に表して、紡《つむ》いでいくのである。

『紫式部集』へ

『紫式部集』の本文は、大別して藤原定家自筆の本を写したといわれる系統の流布本系と、配列や詞書にそれより古いかたちを伝えるといわれる系統の古本系に分けられる。本書で採用した本文は、前者の系統の本文である。この歌集は紫式部自身が歌を撰んで編んだと考える自撰説が有力であるが、近年は本人ではないとする他撰説も出されている。従来、『紫式部集』は『源氏物語』の作者像を知るための資料として扱われることが多かった。しかし、歌集を伝記資料として読むことに重心がいきすぎた反省から、改めてひとつの家集としてとらえ返そうとする立場も導かれ、近年、議論が活発になってきている。それぞれの和歌に、その時々の心情が表される。この『紫式部集』を歌のならぶ順に読み進めてみれば、多少の錯綜《さくそう》はあるものの、ほぼ人生のあゆみを追って構成されている。父に同行してみた越前の雪景色、宣孝との日々、中宮彰子と主家の人々、そして人生のさまざまな時を共有する心の友。それらの人々と詠み交わす歌は、歳月《とき》を生きる紫式部の心を映し出し、家集というかたちを成して、大切な人を思う紫式部の姿を浮かび上がらせている。

まずは、歌を味わいたい。そのことばをまっすぐに受けとめたい。一首に表される心を汲み、とりまく人々ともどもその軌跡をたどりみるところに、紫式部という女性に出会うよろこびがある。

読書案内

『紫式部日記　紫式部集』（新潮日本古典集成）　山本利達　新潮社　一九八〇
　『紫式部日記』と『紫式部集』をともに収める。歌集は上部に各歌の全訳、日記には本文の脇に現代語訳が、それぞれセピア色で記される。
『紫式部集全評釈』　南波浩　笠間書院　一九八三
　『紫式部集』の重厚で本格的な評釈書。校異、語釈、通釈、詳細な評説などを載せる。
『賀茂保憲女集・赤染衛門集・清少納言集・紫式部集・藤三位集』（和歌文学大系20）　武田早苗他　明治書院　二〇〇〇
　女性五人の私家集を収める。『紫式部集』と娘賢子の『藤三位集』は中周子氏が担当。
『紫式部集新注』（新注和歌文学叢書2）　田中新一　青簡舎　二〇〇八
　『紫式部集』の最近の注釈書。現代語訳、語釈、補説を載せる。

〇

『紫式部』（人物叢書）　今井源衛　吉川弘文館　一九六六
　紫式部の生涯を時代や家系からたどりみる伝記研究の書。一九八五年版に新装版が出ている。
『紫式部』（岩波新書）　清水好子　岩波書店　一九七三
　『紫式部集』の歌からその人生を考え、特に紫式部の明るい娘時代を指摘する。

『源氏の作者　紫式部』（日本の作家12）　稲賀敬二　新典社　一九八二
紫式部の生涯をたどり人物像を明らかにしようとする一冊。系図や主要人物解説があり、文章も読みやすい。

『紫式部―人と文学』（日本の作家１００人）　後藤幸良　勉誠出版　二〇〇三
生涯をたどる「評伝　紫式部」に『源氏物語』『紫式部日記』『紫式部集』の作品案内を付す。

『紫式部集論』　山本淳子　和泉書院　二〇〇五
『紫式部集』の構造、表現、主題を考察する研究書。歌集の物語的な構成を重視する。

『紫式部集の新解釈』　徳原茂美　和泉書院　二〇〇八
『紫式部集』の解釈についての新見を随所で示す。

○

『私が源氏物語を書いたわけ　紫式部ひとり語り』　山本淳子　角川学芸出版　二〇一一
紫式部自身がみずからの人生や源氏物語を語るスタイルの書。

【付録エッセイ】

『紫式部』（岩波新書　初版　一九七三年）

紫式部（抄）

清水好子

清水好子《しみずよしこ》（国文学者）［一九二一―二〇〇四］『源氏の女君』『源氏物語論』。

式部はもともと中宮付きの女房として、道長に召し出されたので、一条天皇の崩御後も皇太后になった彰子に従って宮仕えをつづけていた。栄花物語いはかげの巻には、彰子が実家に引き揚げるとき、式部が、

ありし世は夢に見なして涙さへとまらぬ宿ぞ悲しかりける

と詠み、日かげのかづらの巻には、長和元年（一〇一二）一条天皇の盛時を偲んで、

雲の上を雲のよそにて思ひやる月は変らず天《あめ》の下にて

と詠んだ歌が載っている。そののち、式部の名が文献に現れるのは長和二年五月二十五日の小右記の記事である。

……資平をして去夜密々に皇太后宮（彰子）に参らしめ、東宮（敦成親王）御悩の間、假《か》に依りて不参の由を啓せしむ。今朝帰来して言はく、去夕女房に相逢ふ。越後守為時の女。此の女を以って前々雑事を啓せしむるのみ。彼の女の言はく、東宮の御悩重きに非ずと雖も、猶未だ尋常に御《おは》しまさざるの内、熱気未だ散ぜず、亦《また》左府（道長）患ふ気有りてへり。

越後守為時とあるのは、式部の父為時が寛弘八年（一〇一一）二月越後守に任命されたからで、小右記によれば、この前後、実資は皇太后彰子からいたく信頼され、実資も彼女に敬服して、たびたび訪問し、取次ぎの女房をもって、種々雑事を啓していた。「雑事」というのは、このような場合、政治的に重要な秘密事項を指すことが多く、ここも「密々に」、嗣子資平を差し向けているので、何か大切な話があったと思われる。日記には病気見舞いの記事しか出ていないが、微妙な段階のことは、わが家の記録にも具体的には記さぬものである。

一条天皇崩御前後から長和の初期にかけて、道長と皇太后彰子の間柄はさほど円滑ではなかったらしいので、正二位大納言右大将で、出身は道長を上廻る名門であり、当時道長を批判する唯一の硬骨漢であった実資と皇太后の接近は、ただの親交関係とは考えられないのである。そういう重大な人物との応接、伝言の役を、前記の割注によれば、かねて紫式部が引き受けていたというのであるから、今井源衛氏が指摘されるように（『紫式部』）、よほど皇太后や実資から信頼されていたことになるし、機敏な政治的判断のできる有能な女房であったことがわかる。彼女も宮仕えに出てすでに七、八年経《た》ち、年齢も四十歳を越しているかと推定されるので、もう老女の部類に入る。それからあと、式部の名が文献に見えることはない。

長和三年（一〇一四）六月、式部の父為時は、任終にあと一年残して、突然辞状を提出した。後任には為時の甥で婿でもある信経が選ばれたので、実資は勝手過ぎると怒っているが（小右記）、婿に譲ったにしろ、為時が急に帰洛を欲したのは、このごろ、娘の式部が亡くなったからではないかと考えられている。というのも、式部の兄弟惟規は、父が越後に赴任するや、ただちに後を追って越後に向ったが、間もなく彼地で病没しているので、たびたび子に先立たれ、老齢無常を痛感したからだという解釈に由る。確たる資料に恵まれないので、断言はできないけれども、考えられることである。

岡一男氏は西本願寺本兼盛集の末尾の十数首を、佚名《いつめい》家集の混入したものとし、式部の死にかんする贈答の歌とされるが、首肯すべき点が多い（『源氏物語の基礎的研究』）。

おなじ宮の藤式部、親の田舎なりけるに、いかになど書きたりける文を、式部の君亡くなりて、その女《むすめ》見はべりても の思ひはべりけるころ、見て書きつけはべりける

憂《う》きことのまさる此の世を見じとてや空の雲とも人のなりけむ

まづかうかうはべりけることをあやしく、かのもとにはべりける式部の君の

ゆきつもる年に添へても頼むかな君を白嶺《しらね》の松に添へつつ

とある前者を、式部の娘賢子に贈った歌、後者を式部自身の歌とされる。「おなじ宮」の

「宮」は皇太后彰子のこと、「藤式部」は紫式部が当時宮廷でそう呼ばれていたこと、「親の田舎なりける云々」は、父親が地方の国守として下向していることを指し、歌の「白嶺」が「越《こし》の白嶺」で、ちょうど越後守在任中と考えると符合すること等々から、私も式部母娘に関係のある贈答と見てよいと思う。為時が田舎（越後）に赴任していた時、式部が安否を尋ねる文をやったのを、式部の没後、娘の賢子が見付け出してきて、母を思い出して悲しんでいるのを見て、親しい女房が詠んだのであろう。「式部の君」という言い方も「小少将の君」、「大納言の君」と同様、女房同士の呼び方である。歌は「厭《いと》わしいことがいよいよ多くなってゆく此の世にはもう生きていまいというので、お母さまは亡くなられたのでしょうか」という意味になる。「空の雲」は火葬の煙が空に昇って雲になるという考え方から出た修辞である。式部は家集でも日記でも、口癖のように、此の世を「憂し」と言っていたから、歌の贈り主は生前の式部をよく知っていた人だと思われる。

式部の歌の前にある詞書はやや難解だが、「まづかうかうはべりけること」は「まずかうはべりけること」の衍字《えんじ》とも考えられる。式部の手紙がもののなかから出てきた偶然を「あやしく」、ふしぎだというのかと考える。そこで「かのもと」、賢子の手許にあった式部の手紙に書いてある歌を記した。「ゆきつもる」は「雪積る」と「行き積る」を掛けて、「雪積る」は「白嶺」とともに越の国の景物である。「行き積る年」のほうは年の過ぎ行き積るを言うから歳暮の歌か。「松」に父の長寿を託しながら「待つ」を掛けて、無事の再会を待ち祈る歌になっている。為時が越後守に任命された寛弘八年二月の年末以後の作と考えることができよう。

紫式部集のなかで、年代のもっとも遅い歌は、家集の最後に位置する小少将の死を悼む贈答である。

小少将の君の書きたまへりしうちとけ文の、物の中なるを見付けて、加賀少納言のもとに

124 暮れぬ間《ま》の身をば思はで人の世のあはれを知るぞかつは悲しき

125 誰《たれ》か世にながらへて見む書きとめし跡は消えせぬ形見なれども

返し

126 亡き人をしのぶることもいつまでぞ今日のあはれは明日のわが身を

小少将の君は、日記や家集によると、式部が宮仕え中もっとも親しく付き合っていた女房の一人で、歌のやりとりもいくつかあり、式部は、彼女のもの静かな人柄に好感を持っていた。その人の死後、彼女から来た手紙、おそらくただ用向きだけ書いてあるのではなく、親しく心中に思うことを書きつらねてある「うちとけ文」を、文反古《ふみほご》のなかから見付け出した式部は、懐かしさに耐えず、同じく小少将の君と親しかったらしい女房の加賀少納言にやった歌二首と返歌である。小少将は中宮彰子の従妹。中宮の母倫子の兄弟参議左大弁源扶義の娘である。父が早く亡くなったため、その出身よりは劣る現在の境遇を式部は同情していた。彰子に近い血縁であるところから、中宮方では上臈《じょうろう》の女房で、寛弘八年六月、敦成親王（後一条天皇）が立太子の時、東宮の宣旨になった。長和二年正月、東宮の皇太后彰子にた

いする朝覲行啓に奉仕し、禄を賜ったことが関白記に見えるので、このころまでの存命が確かめられる。したがって、小少将の君哀傷の贈答は長和二年正月以後の成立、家集への入集もそれ以後のことになる。かりに式部の死が長和三年六月を遡るに、あまり遠からざるころとするのに矛盾しない。そして、式部集の編纂がきわめて晩年の営みであることが明らかになる。

式部集は、本章の冒頭に掲げた栄花物語に載る二首や、日記にある、

年暮れてわが世ふけゆく風の音に心のうちのすさまじきかな

という、いかにも式部独特の心境を詠んだ歌を入れていない。また、式部より一年ほど後輩であった伊勢大輔の家集に載る、

紫式部、清水《きよみづ》に籠りたりしに、参りあひて、院の御料に、もろともに御《み》あかし奉りしを見て、しきみの葉に書きておこせたりし

心ざし君にかかぐるともしびの同じ光に逢ふが嬉しさ

松に雪の氷りたりしにつけて、同じ人

奥山の松には氷る雪よりもわが身世に経《ふ》るほどぞはかなき

なども入っていない。日記の歌は家集の他の詠草に比較してすこしも見劣りしないし、彼女の心境をよく示すものであるのになぜ入っていないのだろうか。また、伊勢大輔集に載る二首も寛弘から長和にかけて、彰子が一条天皇に死別して皇太后になって以後の作と思われるから、小少将哀傷の歌と前後する時期に成ったと覚しいが、これもなぜ式部集にないのか。式部集の成立に関しては、まだ数々の問題が残っているのである。

式部が没したと推定される長和三年（一〇一四）に、式部が宣孝との間に儲けた一女賢子は十五、六歳になっている。彼女はこの前後から宮仕えに出ていたのか、越後の弁という女房名で呼ばれている。祖父為時が左小弁であったことがあり、つづいて越後守に任じられたからである。普通、父兄の官職名を以って呼ぶのであるが、賢子は幼少で父を失っているので、祖父が後見《うしろみ》である。十五、六歳で母を喪い、間もなく長和五年四月には祖父が出家するので、二十歳にもならぬうちから、賢子は親身の保護者を欠く身になる。

しかし、彼女のその後の恋人や夫を見ていると、娘は母よりもずっと現実的に世の中を渡ることを苦にしなかったと思われる。彼女ははじめ藤原定頼、ついで藤原兼隆を恋人にし、兼隆の子を産んだころ、後冷泉天皇の誕生があって、その乳母に選ばれた。定頼は大納言公任の嫡子、兼隆は粟田関白道兼の嗣子である。ただし、道兼は早く亡くなったが、兼隆はのちずっと道長の猶子になり、彼の庇護下にあった。みな時めく名門の貴公子で、母の式部がしきりに卑下して過した宮廷生活を、娘は根っからの女房として、物怖じせずに過していた様子が偲ばれる。彼女がこのような身分の男を次々に相手にできるほど、宮廷における母の存在は次第に重くなっていたのであろう。栄花物語根合の巻に、「弁の乳母」と呼ばれた賢子は、「をかしうおはする人――趣味のよい教養のある人」で、天皇をそういう方面によくお躾《しつけ》したので、後冷泉天皇は后たちの扱いが行き届き、音楽など風雅の道に堪能であったと述べている。彼女はのち、従三位、典侍に進み、大宰大弐高階成章と結婚した。それで大弐三位と呼ばれる。大弐は地方官では最高の職で、ことに成章は「欲大弐」と渾名されるほどであったから、賢子の晩年は名実ともに恵まれていたということができよう。以上が、紫式部が産み育てた子供の一生の輪廓である。この人にも家集があって、大弐三位集というが、歌は母に比較すると平凡で、ときどき感覚の繊細を示すものがあるにすぎない。

植田恭代（うえた・やすよ）

＊東京都生。

＊日本女子大学大学院単位修得。

＊現在　跡見学園女子大学教授。

＊主要著書

『日本文学研究集成　源氏物語２』（若草書房　編著）

『源氏物語事典』（大和書房　共編著）

『源氏物語の宮廷文化―後宮・雅楽・物語世界』（笠間書院）

紫《むらさき》式《しき》部《ぶ》

コレクション日本歌人選　044

2012年６月30日　初版第１刷発行

2021年８月20日　初版第２刷発行

著者　植田恭代

監修　和歌文学会

装幀　芦澤泰偉

発行者　池田圭子

発行所　有限会社　笠間書院

東京都千代田区神田猿楽町2-2-3［〒101-0064］

電話　03-3295-1331　FAX　03-3294-0996

NDC 分類 911.08

ISBN978-4-305-70644-7

印刷／製本：シナノ

乱丁・落丁本はお取り替えいたします。

（本文用紙：中性紙使用）

ついに完結!

代表的歌人の秀歌を厳選したアンソロジー全八〇冊

コレクション日本歌人選

1 柿本人麻呂 [高松寿夫]
2 山上憶良 [辰巳正明]
3 小野小町 [大塚英子]
4 在原業平 [中野方子]
5 紀貫之 [田中登]
6 和泉式部 [高木和子]
7 清少納言 [圷美奈子]
8 源氏物語の和歌 [高野晴代]
9 相模 [武田早苗]
10 式子内親王 [平井啓子]
11 藤原定家 [村尾誠一]
12 伏見院 [阿尾あすか]
13 兼好法師 [丸山陽子]
14 戦国武将の歌 [綿抜豊昭]
15 良寛 [佐々木隆]
16 香川景樹 [岡本聡]
17 北原白秋 [國生雅子]
18 斎藤茂吉 [小倉真理子]
19 塚本邦雄 [島内景二]
20 辞世の歌 [松村雄二]
21 額田王と初期万葉歌人 [梶川信行]
22 東歌・防人歌 [近藤信義]
23 伊勢 [中島輝賢]
24 忠岑と躬恒 [青木太朗]
25 今様 [植木朝子]
26 飛鳥井雅経と藤原秀能 [稲葉美樹]
27 藤原良経 [小山順子]
28 後鳥羽院 [吉野朋美]
29 二条為氏と為世 [日比野浩信]
30 永福門院 [小林守]
31 頓阿 [小林大輔]
32 松永貞徳と烏丸光広 [高梨素子]
33 細川幽斎 [加藤弓枝]
34 芭蕉 [伊藤善隆]
35 石川啄木 [河野有時]
36 正岡子規 [矢羽勝幸]
37 漱石の俳句・漢詩 [神山睦美]
38 若山牧水 [見尾久美恵]
39 与謝野晶子 [入江春行]
40 寺山修司 [葉名尻竜一]
41 大伴旅人 [中嶋真也]
42 大伴家持 [小野寛]
43 菅原道真 [佐藤信一]
44 紫式部 [植田恭代]
45 能因 [高重久美]
46 源俊頼 [高野瀬恵子]
47 源平の武将歌人 [上宇都ゆりほ]
48 西行 [橋本美香]
49 鴨長明と寂蓮 [小林一彦]
50 俊成卿女と宮内卿 [近藤香]
51 源実朝 [三木麻子]
52 藤原為家 [佐藤恒雄]
53 京極為兼 [石澤一志]
54 正徹と心敬 [伊藤伸江]
55 三条西実隆 [豊田恵子]
56 おもろさうし [島村幸一]
57 木下長嘯子 [大内瑞恵]
58 本居宣長 [山下久夫]
59 僧侶の歌 [小池一行]
60 アイヌ神謡ユーカラ [篠原昌彦]
61 高橋虫麻呂と山部赤人 [多田一臣]
62 笠女郎 [遠藤宏]
63 藤原俊成 [渡邉裕美子]
64 室町小歌 [小野恭靖]
65 蕪村 [揖斐高]
66 樋口一葉 [島内裕子]
67 森鷗外 [今野寿美]
68 会津八一 [村尾誠一]
69 佐佐木信綱 [佐佐木頼綱]
70 葛原妙子 [川野里子]
71 佐藤佐太郎 [大辻隆弘]
72 前川佐美雄 [楠見朋彦]
73 春日井建 [水原紫苑]
74 竹山広 [島内景二]
75 河野裕子 [永田淳]
76 おみくじの歌 [平野多恵]
77 天皇・親王の歌 [盛田帝子]
78 戦争の歌 [松村正直]
79 プロレタリア短歌 [松澤俊二]
80 酒の歌 [松村雄二]

解説・歌人略伝・略年譜・読書案内つき

四六判/定価:本体1200円+税(61~80 定価:本体1300円+税)